KB113756

좋은 건 같이 봐요

좋은 건
같이 봐요

글 사진
엄지사진관

북로망스

차례

작가의 말

여기에 들어가는 글을 수십 번 썼다 지웠다. 몇 번의 계절이 바뀌었고, 나의 자리도, 마음도 몇 번이나 변했다. 쌓여 가는 필름을 다시 보지 않을 정도로, 여행은 내게서 멀어지고 있었다.

처음 원고를 쓰기 시작할 때만 해도 코로나19가 없었는데, 이야기를 마무리하려 하니 여행은 사치인 세상이 됐다. 어디론가 떠나는 것이 당연하고, 환승을 기다리며 공항에 앉아 있는 시간마저 아까워 발을 동동 구르던 시간들이 소중하게 느껴진다.

고로, 우리는 현재에 충실하고 오늘을 즐겨야 한다.
계획대로 되지 않는 게 인생이기에.

지극히 사적인 이야기를 담았다. 누군가는 글을 읽고 피식 웃어넘길 수도, 또 누군가는 이해하지 못할 수도, 누군가는 공감되지 않고 이해하기 어려울 수도 있다. 하지만 그저 멋들어진 문장으로만 채우고 싶지 않았다.

기분이 태도가 되지 않으려 했던 순간,
'회사 일은 그저 회사 일'이라며 애쓰지 않으려 했던 순간,
바쁘지도 않으면서 엄마 전화에 시큰둥했던 순간,
치열한 하루 끝에 문득 외로웠던 순간,
퇴근길 동기들과 생맥주 한 잔에 전우애를 불태웠던 순간,
인센티브로 부모님께 에어컨을 선물했던 순간 등

어쩌면 보통의 하루가 모여 특별한 시간을 만들어 주었는지도 모른다.

언젠가는 다시 떠날 것이다.
나도 여러분도.
다시 떠날 수 있게 되었을 때 우리 마음속에 떠나지 못할 이유가 하나도 남아 있지 않기를 바라며.

#1

때론 계획한 대로
되지 않았기 때문에 더 멀리까지
달릴 수 있었다는 것을
이제는 안다.

좋은 건
같이 봐요

사람들이 가끔 물어봐요. 무슨 생각을 하며 사진을 찍는지요.
사진을 찍을 때면, 이 순간을 보여 주고 싶은 누군가를 생각해요.
좋아하는 순간이 언제냐고 물어봐요.
서점에서 책을 읽다가 좋은 글귀를 마주했을 때,
혼자 카페에 앉아 맛있는 베이글 한 입 먹을 때,
굳이 무언가를 하지 않더라도 아침에 창문을 열어 풍경을 바라보는 순간들을 좋아해요.
그리고 이런 사소한 순간에도 문득, 누군가를 떠올리곤 했어요.

출근길 오랜만에 입은 정장에 커피 한 잔을 들고 있는 모습이 어른스러워 보여 거울에 비친 내 사진을 찍기도 하고요, 퇴근길 노을이 예쁘다며 눈으로 봐도 좋을 순간을 굳이 사진으로 담으려 하죠. 회의 중에 널브러진 회의 자료가 감성적으로 보여 찍고, 회사 생활이 힘들다 하지만 가끔 번개로 만나는 동기들과 셀카를 찍어요. 그리고 몇 년이 지나 우리 이땐 이랬지 하며 꺼내어 보기도 합니다.

여행을 떠나지 않아도 누구나 일상에서 말하고 싶거나, 추억하고 싶은 이야기들이 있다고 생각해요. 표현하는 방식은 다르겠지만, 저마다의 방법으로 기록하곤 하죠.

곁에 있는 것들에 감사하며
우리, 가볍게 오래 걸어요.
그러니까
우리, 좋은 건 같이 봐요.

RESTAURANT-BEER BAR-MUSIC-DANCE
LA REPUBLICA

more tha
50 kinds
of bee
FRESH BREAKFAST EVERY DAY
WEEKDAYS
FROM 7:30 TO 10:30
WEEKENDS
FROM 9:00 TO 11:00

한 사람을
위한 마음

"여행 사진은 어떻게 하면 잘 찍을 수 있나요?"
"우선 여행을 가셔야죠."
"사랑스러운 문체로 글을 쓰고 싶어요."
"사랑을 하시면 됩니다."

가끔 내게 무슨 생각을 하며 사진을 찍느냐고 묻는 사람들이 있다. 아마도 별 뜻 없는 가벼운 이 질문에 나는 늘 무겁게 답했다. "한 사람에게 보여 주고 싶어서." 그 한 사람이 이 사실을 안다면 조금 무서울지도 모르겠다.

나는 30년 내내 단발을 유지하고 있다. 그리고 편식을 심하게 하는 편이라 좋아하는 음식을 많이 먹는 편이다. 그러다 보니 배가 나오고 허벅지는 튼튼해졌다. 외형적으로 보기에 소위 말하는 여성스러움은 적어졌고, 이 때문에 자존감이 낮아질 때도 있다. 하지만 여성스러워야 할 필요가 있을까 싶다. 그냥 나다우면 되는 거 아닌가.

주변에서 친구들은 연애도 하고 결혼도 한다. 나는 연애와 관련된 그 어떤 상황이라도 마주하면 항상 나답지 않은 모습으로 바보가 되곤 했다.

그런 내게도 이상형은 있다. 연애라는 말만 들어도 마음에 한 사람의 모습이 선명해진다.

그 사람과의 약속을 앞둔 어느 날, 온갖 상상의 나래를 펼치며 입고 나갈 옷을 골라 보지만 어차피 그 옷이 그 옷이다. 새 옷을 입으면 달라 보일까 싶어 옷을 사서 집에 들어가니, 엄마의 한 마디가 들려온다.

"비슷한 거 두 번째 서랍에 있을 거야."

짝사랑은 분명 가슴 시린 일이지만 한편 생활에 원동력을 가져다주기도 한다. 나는 오랜 시간 누군가를 마음에 두고 좋아하는 마음을 원동력 삼아 지낸 적이 있다.

어딜 가도, 무엇을 먹어도 늘 그 사람이 떠올랐다. 어떤 말을 꺼낼까 항상 고민하며 기뻤다가 슬펐다가, 설렜다가 실망하길 반복하곤 했다.

그 시간 동안 나는 늘 '그 사람에게 보여 줘야지' 하는 마음으로 사진을 찍었다. 어디를 가도 그 사람 생각뿐이었고, 사진을 보여 준다는 건 그런 내 마음의 표현이었을 것이다.

이후 숱한 기대와 실망 속에 끝내 마음을 접어야 했지만 나는 여전히 오직 한 사람에게 보여 주려는 마음으로 찍은 그때의 사진들이 가장 마음에 든다.

#2

슬프다, 행복하다, 외롭다, 설렌다, 두렵다, 즐겁다.
내 안에 수많은 감정 형용사가 겹겹이 쌓여
지금의 내가 만들어진 걸지도.

너의 미소가 주는 의미

자존감이 낮아지는 이유는 제각각이다. 많은 이유가 있었지만 특히 나를 콕콕 파고든 건 자신을 남들과 비교하고 눈치를 보는 스스로의 시선이었다.

그랬던 내가 조금 다른 생각을 갖게 된 계기가 있다. 대학생 시절, 봉사 활동을 위해 2주간 인도로 떠났던 기억이다. 여행이 매번 인생을 바꿔 주지는 않겠지만, 인도에서 보낸 시간은 스스로가 바뀌었다고 충분히 느낄 수 있었다.

인도 캘커타에서 머무는 동안 매일 40도가 넘는 폭염이 지속됐다. 가만히 서 있어도 땀으로 온몸이 젖었다. 그런데 내 눈을 의심하게 되는 장면이 있었다. 매일 폭염을 뚫고 학교에 오는 아이들의 웃음 가득한 얼굴이었다. 학교에 오는 것 자체

가 이들에겐 기쁨이었다.

나는 평소 아무 생각 없이 사소하게 지나쳤던 당연한 것들에 대해 돌아보게 되었다.

내가 나 스스로를 좋아하기 위해선,
내 주변 환경도 사랑해야 한다는 것
이 사실을 아는 데 오랜 시간이 걸렸다.

그동안 왜 그렇게 남의 시선을 의식하며 살았는지……. 그 후로 나는 원치 않는 약속은 거절했고, 남들과 나를 덜 비교하게 되었다. 자연스럽게 다른 사람들의 시선도 덜 의식하게 되었다. '나를 싫어하면 어쩌지?'라는 생각은 '사실 조금 싫어하면 어때'로 바뀌었다.
인도가 생각나는 뜨거운 여름이 왔다. 내게 주어진 많은 것들이 기적과도 같음을 잊지 않고 이 여름을 보내고 싶다.

#3

내가 진심이라는 이유로 상대 역시 동일한 감정을
돌려주길 바라던 때가 있었다. 내가 전한 진심은 그 사람에게
부담이 됐고, 결국 우리는 멀어졌다. 나는 상대의 대답을
원했지만 사실 답은 이미 알고 있었다.
어떤 마음은 말보다 정확하다.

入口
買
取
王子駅前店
一本堂
ターャシス
スシャータ
学院
アコム
4F

거리의 미학

나는 모두에게 좋은 사람이고 싶었는데, 오빠는 늘 관계에 집착하지 말라고 충고했다. 머리로는 이해했지만 결코 받아들일 수 없던 그 말을, 제주도에 살면서 비로소 실천으로 옮기게 되었다. 제주도에서 지내며 인간관계가 정리되는 걸 느낀다. "한번 보자" "밥 한번 먹자" "연락할게" 따위의 의례적인 말에서 서로가 자유로워진다. 몸이 멀어지면 마음에서도 멀어진다고 했던가. 분명 사실이다. 하지만 나는 이렇게도 고쳐 말하고 싶다. 몸이 멀어져야 마음이 가까운지 알 수 있다.

낯선
세계에서

"선생님, 요즘 코로 숨이 잘 안 쉬어져요. 스트레스 때문인가요?"
"그냥 코 안에 먼지가 많은데요."

한해 농번기라 불리는 PT 시즌, 출장이든 휴가든 떠나고 싶다는 생각이 가득하다. 집-회사-집-회사를 반복하다 보니 방 안에는 허물처럼 벗어 놓은 옷들만 쌓인다. 들어오고 나간 흔적만 있는 방을 본 엄마는 집이 여관방이냐며 잔소리를 한다.

반복되는 일상에서 낯선 것이 주는 호기심은 언제는 짜릿하다. 견고한 일상에 돌멩이를 던지기 위해 나는 미국 서부 도시 로스앤젤레스로 향했다.

미국 입국 심사는 늘 어렵다. 3개월 전에 왔는데 왜 또 방문했

냐는 심사원의 질문에 "컴퍼니 홀리데이"라고 답했다. 무슨 회사냐는 질문에 다니던 엔터테인먼트 회사 이름을 답하니, 갑자기 "BTS?"라고 묻는다. BTS가 정말 국격을 상승시켰구나 생각하며 "노, 걸스 제너레이션"이라고 답했다. 어쭙잖은 영어로 잘 버티는 내가 기특한 순간이다.

데스밸리 국립공원은 미국에서 가장 뜨거운 지역이자 가장 낮은 지대에 위치한 지역이다. 제주도의 약 여섯 배 크기로 로스앤젤레스에서 차를 끌고 가면 꼬박 하루가 걸린다. 공원 크기가 제주도의 여섯 배라니, 상상이 잘 되지 않았다.

데스밸리는 미지의 공간인 화성과 가장 닮은 땅으로 알려져 있다. 그곳에서 여행을 좋아하는 사람이라면 한 번쯤 꿈꿔 보았을 '로드 트립'을 했다. 로드 트립의 재미는 '낯섦'에 있다. 스쳐지나가는 모든 풍경과 날씨 그리고 동식물들이 평생 살면서 한 번도 보지 못한 것들이기 때문이다.

그런데 데스밸리 공원 내부에서는 휴대폰 로밍이나 와이파이가 터지지 않는다. 일반 검색은커녕 구글 지도로 길을 찾지

도 못한다. 슬슬 스마트폰 금단 현상이 올 때쯤, 낯선 팝송이 흘러나오는 라디오에서 즐거움을 찾았다. 탁 트인 광경이 눈앞에 펼쳐짐과 동시에 '백스트리트 보이즈'의 익숙한 노래가 흘러나온 순간의 반가움이란.

사실 나는 로드 트립을 하면서 내 인생의 로드맵을 그려 보려고 했다. 그리고 이 생각이 얼마나 부질없는 것이었는지 얼마 지나지 않아 깨달았다. 짧은 시간 먹고, 돌아다니며 정신없이 하루를 보내니 금방 일상으로 돌아갈 시간이 찾아 왔기 때문이다.

좋아하는 것을 원 없이 보고, 좋아하는 노래를 듣고, 점심부터 맥주를 마시는 여유도 좋지만, 가장 좋은 건 돌아갈 곳이 있다는 '안정감'이다. 어쩌면 돌아갈 곳이 있기에 낯선 곳에서 즐거움을 누릴 수 있는 게 아닐까.
세상은 이렇게나 넓고 다양한 모습인데, 우리는 짧은 인생 동안 이런 낯선 풍경을 얼마만큼 볼 수 있을까? 매일 똑같은 출퇴근길과 비슷한 패턴의 업무를 마주하는 나에게 어딘가에 있는 낯선 세계는 그 존재만으로 삶에 대한 기대를 불어 넣어 준다. 앞으로도 직장에 다니는 한 내 여행은 새로운 낯선 세계에 적응하기도 전에 끝날 것이다. 하지만 그 대신 나는 낯선 세계를 만나는 것에 누구보다 적응된 사람이 될 수 있을지도 모른다. 그렇게 나는 오늘도 떠날 수 없는 이유를 지우고 떠나야 하는 이유를 채운다.

태풍

고등학교 때였나, 태풍 매미가 상륙한 날 한 친구가 결석을 했다. 친구들과 나는 등교를 하지 않은 친구가 걱정돼 집으로 찾아 갔고, 놀라운 광경을 목격했다. 친구 집 지붕 위에 배 한 척이 떡하니 올라타 있던 것이다. 오랜 시간이 지났지만 그 장면은 아직도 잊히지 않는다.

제주도에 정착한 뒤 두 번의 태풍을 만났다. 첫 번째 태풍은 바비였다. 정말 강력할 것이라기에 얼마나 긴장했는지……. 하지만 바비는 예상보다 약했고, 나를 '제주 태풍 별거 아니네?'하고 방심케 했다. 그 이후 찾아온 태풍 마이삭은 정말 대단했다. 정전이 안 된 것을 감사히 여길 정도였으니까. 섬에서, 그것도 혼자 살며 맞이하는 태풍은 너무 무서웠다.

태풍으로 한 가지 얻은 게 있다면, 태풍이 온다고 걱정하며 연락해 주는 사람들의 고마움을 알게 됐다는 것이다. 나는 태풍이 지나간 자리에 뜬 무지개와 저녁 일몰을 연달아 바라보며 문득 눈물이 날 것 같았다. 내 인생에도 분명 몇 번의 태풍이 지나갔을 텐데, 그 뒤에 풍경은 충분히 감상했을까.

비 온 뒤에 무지개가 뜬다. 그러니 너무 걱정하지 말라고.
나를 걱정해 준 모두에게 전하고 싶다.

#4

사소했지만 소중한 것들을 돌아볼 수 있도록,
끌어당기기만 했던 관계를 느슨히 놓을 수 있도록,
이 모든 것을 가능하게 해 준 시간의 놀라움.

눈으로 담는 순간

대학생일 때, 방학만 되면 토익 점수를 위해 영어 학원에 등록했지만 점수는 매번 제자리였다. 어째 방학마다 학원에서 만나는 얼굴들도 다 비슷비슷한 것 같았다. 토익 점수 때문인지는 모르겠지만 들어가고 싶은 회사 인턴직에 번번이 떨어졌다. SNS에 제대로 된 방학을 보내고 있다는 걸 보여 주고 싶었던 나는 '에라 모르겠다'는 심정으로 친구와 터키로 배낭여행을 떠났다.

영어를 왜 이렇게 어설프게 배웠을까. 보디랭귀지라는 세계 공용어가 있어 다행이었다. 우리는 이른 아침부터 일어나 국토 순례를 하는 사람처럼 걷고 또 걸었다. 뽕을 뽑아야 한다는 대학생의 패기였다.

고된 일정 때문이었을까. 친구는 파묵칼레에 도착하자마자 아프기 시작했다. '오늘은 같이 좀 쉬자'고 말을 할 수도 있었을 텐데, 나는 냉정하게 "넌 쉬어"라고 말하며 이른 새벽에 혼자 호텔을 나섰다.

아무것도 없는 한적한 마을을 나 혼자 걸었다. 정처 없이 걷던 와중에 문득 아픈 친구를 두고 온 것에 미안한 마음이 들었고, 나는 다시 호텔로 되돌아가기 시작했다. 그러다 만화에서나 보던 양치기와 마주쳤다. 어린 목동을 생각했지만 그보다 훨씬 멋있는 연세가 지긋한 양치기 할아버지였다. 양들은 할아버지의 휘파람 소리에 맞춰 이리저리 돌아다니며 풀을 뜯었다.

"한번 몰아 볼래?"
"아뇨, 무서워요."

이 장면을 혼자 보기 아까워 숙소로 뛰어갔다. 아픈 친구에게 딱 10분만 참으라고 말하며 끌고 나왔다. 그렇게 우리는 허허벌판 가운데서 양들이 풀을 뜯는 모습을 그저 바라만 보았다. 산 너머로 해가 뜨고 있었고, 어두웠던 것들은 금세 밝아졌다. 이 순간을 사진으로 담진 않았다. 때론 가장 아름다운 순간은 눈으로 담아야 하는 법이니까.

카파도키아 일일 투어를 하면서 만난 노부부도 기억에 남는다. 인도 뭄바이의 보석상인 할아버지는 투어 내내 몸이 불편한 할머니 손을 꼭 잡고 계셨다. 일일 투어는 약속된 시간까지 차량에 탑승해야만 다음 여행지로 이동할 수 있기에 시간을 지키는 게 아주 중요하다. 그런데 1시까지 모이기로 한 어느 여행지에서 5분이 지나도록 노부부의 모습이 보이지 않았다. 혹 넘어지거나 길을 잃으신 건 아닌지 초조했던 여행객들은 다 같이 노부부를 찾기 시작했다. 언덕 위에 할아버지가 보였다.

"엄딕, 우리 사진 좀 찍어 줘."
"할아버지 벌써 1시 15분이에요."
"아직 10분이나 남았는데?"

할아버지의 시계는 아직 12시 50분을 가리키고 있었다. 아직 시간이 남은 줄 아셨던 것이다. 미안하다고 사과하는 할아버지에게 우리는 한목소리로 말했다.

"괜찮아요, 저희도 늦었어요."

"더 보고 싶어서 시간 가는 줄 몰랐네요."

두 분의 모습도 인상 깊었지만, 기꺼이 그들의 시간에 맞춰 기다려 준 일행들의 배려심도 잊을 수 없다. 아직 두 개의 코스가 남아 있으면서도 행여나 할아버지가 미안해할까 봐 배려해 주는 모두의 마음씨에 놀랐다. 어쩌면 그날 할아버지의 시계가 멈춘 것은 할머니와 시간을 좀 더 보내고 싶은 할아버지의 바람이 이뤄진 게 아니었을까.

따뜻한 눈길로 서로를 쳐다보듯
우리는 그렇게 함께 걸었다.

나쁜 일도 있었고,
슬픈 일도 있었다.

하지만
그 순간조차
우리는 함께였다.

당신의 눈 속에
아름다운 것들이 담기는 그 순간,

그 찰나의 순간에도
당신과 함께이고 싶다.

#5

앞으로 좋은 건 같이 해요.

砺波 南砺
Tonami Nanto
東海北陸道
TOKAI-HOKURIKU EXPWY
岐阜
Gifu
156
河合
Kawai
郡上
Gujo
360
156
P

어디를 가느냐가 아니라,
누구와 함께하느냐

나이가 들수록 사람 사이의 관계는 새로 만드는 것보다 지키는 게 더 힘들다는 것을 알게 된다. 각자 사는 게 바빠 자주 못 보지만 오랜만에 봐도 서먹하지 않은 사이. 그런 편안함을 주는 친구는 그냥 얻어지는 것이 아니다.

내가 대학생이었을 당시에는 대외 활동이 유행이었다. 스펙 경쟁이 본격화되던 시기로, 대외 활동 이력 하나쯤은 필수였다. 이런 모임이 힘들었던 이유 중 하나는 싫어하는 사람이 있어도 나가야 한다는 것이었다. 혈기 왕성한 20대들이 모이는 곳인 만큼 잡음도 많았다. 싫은 사람과도 웃으며 어울리고 공허한 대화에 열심히 참여한 뒤 집으로 돌아가는 길이면 '다음번엔 절대 안 간다'며 다짐하곤 했다. 그러나 다음 주면 그간 들인 시간과 노력이 아까워서 눈을 질끈 감고 꾸역꾸역 모임에 나가길 반복했다.

성인이 되면 '진짜 친구'를 만들기 어렵다는 말을 항상 듣곤 했다. 하지만 그렇게 인내해 가며 이곳저곳에 얼굴을 비치고 많은 사람들과 만난 덕분일까. 그 많은 모임 중에서 운 좋게 마음이 통하는 친구들을 만났다. 힘들 땐 아무 말 없이 이야기를 들어 주고, 서로를 응원하게 되는 그런 친구. 친구들과 처음으로 외국 여행을 떠났다.

누구는 취업 준비를 하고, 누구는 이제 막 사원증을 목에 건 친구들을 모아 시간을 맞춰 여행을 간다는 건 쉬운 일이 아니다. 내가 총대를 메고 겨우 날짜를 맞춰 여행을 떠나게 되었지만 여행은 처음부터 난관에 부딪혔다.

일본의 소도시인 나고야. 비행시간은 고작 1시간 50분뿐인데 정작 비행기가 1시간이나 연착됐다. 당연히 일정도 꼬였다. "예약해 둔 버스는 어떡해? 숙소 체크인은?" 처음엔 당황했으나 우리는 여유를 갖기로 했다.

"어떻게든 되겠지."
"그래! 어떻게든 되겠지."

마음을 비우고 기다린 끝에 나고야 공항에 도착했다. 다시 버스를 기다리면서 근처 돈가스 가게에 들어갔다. 알고 보니 나고야는 돈가스가 유명하단다. 일정이 꼬인 덕분에 맛보게 된 행운이었다. 순간의 짜증과 막막함을 잘 넘기면 이처럼 뜻밖의 소소한 기쁨을 누릴 수 있다.

에어비앤비로 예약한 숙소에 짐을 풀고, 다음 날 우리는 나고야의 산악 지대에 있는 전통 역사 마을, 시라카와고로 향했다. 버스로 이동하는 내내 창밖으로 펼쳐지는 풍경에서 눈을 뗄 수 없었다. 겨울왕국으로 들어가는 기분이랄까. 터미널은 작고 아담했으며 각국에서 온 여행자들로 북적였다. 우리는 물어물어 사라카와고 마을이 한눈에 내려다보이는 산 정상에 도착했다. 나는 춘삼월에 펑펑 내리는 눈을 보고 환호했다.

"이거 봐. 눈이 내 키보다 더 높게 쌓였어!"
"네가 작은 거야."

친구의 칼 같은 대답. 그렇다, 내 키는 150센티미터다. 이렇듯 누구 눈치도 보지 않고, 신경 쓰지 않아도 되는 정처 없이 자유로운 대화는 여행 내내 계속됐다.

여행 계획을 짜는 시간은 그토록 오랜 시간이 걸렸는데, 막상 여행은 왜 이리 빨리 끝나는지 모르겠다. 집으로 돌아가는 비행기 안, 함께 여행한 도시의 풍경을 담은 기념엽서에 친구들에게 편지를 쓴다. 그중 한 친구에게 쓴 편지.

스무 살, 꿈 많던 우리가 이제는 하루하루 그저 버틴다는 말을 입버릇처럼 하는 삼십 대가 되어 가네. 나는 늘 '관계'에 대해 불안감을 가지고 있었던 것 같아. 누구나 나를 좋아해 주길 바라고, 쓴소리를 듣고 싶지 않았기에 늘 착한 사람이어야 하는 가면을 쓰고 있었는지도 모르겠다. 그래서 보여지는 내 겉모습에 신경을 많이 썼지.

그 무렵 우린 친구가 됐어. 우리에겐 사진이라는 같은 취미가 있었지. 너와 친구가 되고 솔직하고 진실됨을 점점 배워 가는 것 같아. 그때부터 '왜'라는 질문을 스스로에게 많이 했어. 이

걸 왜 하는 거지? 이걸 왜 좋아하지? 등등. 때론 '그냥'이라는 싱거운 답도 나오지만, 이런 질문을 우리를 유쾌하게 만들어 주었던 것 같아.

이젠 우리에게 주어진 숙제는 어줍지 않은 재능을 가지고 밥벌이를 할 것이냐, 취미로 남기는 것이냐의 문제겠지. 요즘 흔히 말하는 덕업일치는 어쩌면 더 끈기 있고, 열정이 많은 사람들이 하는 게 아닐까 싶어. 대학생 시절엔 유럽 여행을 가는 친구, 창업을 하는 친구 등 무언가 거창하고 대단한 것들이 부러웠지만, 요즘은 하루하루를 묵묵히 살아가는 우리네 아버지, 어머니가 대단하다고 느껴지더라. 이러면 넌 또 "회사원 다 됐네"라고 말하겠지?

친구야, 어떤 결정을 할 때는 자신에게 가장 행복한 결정을 하자. 네가 어떤 모습이든 응원할게.

편지를 쓰고 감동에 젖은 것도 잠시, 우리는 비행기가 한국 땅에 닿자마자 서로 쳐다보지도 않고 스마트폰만 붙잡고 있다. 그래도 좋다. 같이 있는 것만으로 좋은 것, 친구란 바로 그런 것이니까.

그런 존재가 있다.

이유 없이 편한,
오랜만에 만나도 서먹하지 않은,
같이 있는 것만으로 웃음이 나는 존재들.

나에 대해 굳이 설명하지 않아도
이미 많은 것을 알고 있는 이들이다.

곁에 있기만 해도 힘을 주는,
말하지 않아도 마음이 통하는,
내가 좋아하는 걸 함께 좋아해 주는
친구란 존재.

우리
우리에게 가장 행복한 결정을 하자.

힘든 일상 속에서도

서로의 존재만으로도

힘이 되어 줄 수 있도록.

#6

매년 바뀌는 나이가 마치 남의 것처럼 낯설다.
얼마나 더 많은 낯선 내가 나를 기다리고 있을까?
지난날을 돌아보기보다
앞으로 다가올 날을 기대하며 살고 싶다.

Terminal 1 Departu
11:20 MUMBAI NH829 45 DEPARTED
11:40 COPENHAGEN SK984 31 GATE CLOSE
12:00 LONDON SU263 24 BOARDING
MOSCOW
12:00 BANGKOK(BKK) TG643 43 GO TO GATE
12:15 NOUMEA SB801 16 BOARDING
12:30 SEOUL OZ101 37 GO TO GATE
12:45 KAOHSIUNG BR107 34 GO TO GATE
12:45 SEOUL KE702 17 GO TO GATE
12:45 BUSAN KE716 11A GO TO GATE
13:00 MILAN AZ787 22 GO TO GATE
13:15 ROME AZ785 25 ON TIME
13:25 SHENYANG CZ628 12 GO TO GATE
13:30 MANILA NH5337 TERMINAL 2
13:45 VIENNA OS52 41 ON TIME
13:50 SEOUL OZ103 33 ON TIME
13:55 BUSAN BX111 57B ON TIME

우물 밖으로

남들보다 늦게 대학에 들어갔다. 학벌에 열등감이 심했던 나는 첫 번째 대학도, 두 번째 대학도 이 열등감 때문에 적응할 수 없었다. 대학교에 다니면서도 남들 몰래 모의고사를 풀고, 점수가 올라가는 걸 보면서 '올해는 잘 나오지 않을까?' 하며 계속 미련을 버리지 못했다. 그렇게 네 번의 수능을 쳤는데, 지금 생각해 보니 그 정도면 수능 중독이 아니었나 싶다.

그러던 어느 날, 학교에서 베이징으로 단기 연수를 떠나는 프로그램에 지원했다가 덜컥 뽑혔다. 거기 가서 엄마 몰래 수능을 공부하면 되겠다는 마음으로 베이징행 비행기에 올랐다. 그 선택이 나를 완전히 바꿔 놓을 거라는 걸 알지 못한 채.

2008년의 베이징은 베이징 올림픽을 앞두고 후끈 달아올라 있었다. 그리고 과연 듣던 대로 거대했다. 가까운 근교로 여행을 가려 해도 5시간은 걸린다고 했다. 베이징 왕푸징 버스 정류장에 단 5분만 서 있었을 뿐인데도, 한국에서 하루에 마주치는 사람들보다 더 많은 사람들이 지나갔다.

한국이라는 작은 나라에서 수능 점수 몇 점 때문에 몇 년의 시간을 허비했다니. 작은 것을 탐하느라 큰 것을 놓쳤다는 생각이 강하게 들었다. 소중한 20대 초반을 왜 이렇게 보내고 있을까. 베이징에서 돌아온 나는 수능 접수표를 찢어 버렸다. 개구리가 우물 밖으로 나온 순간이었다.

이후 마음을 잡고 다니던 대학을 무사히 졸업 후, 120통의 자기 소개서를 쓴 끝에 광고 회사 신입 사원이 됐다. 합격 통보를 받은 날, 지하철 2호선을 타고 당산역 철교를 지나며 눈물을 흘렸다. '이제 꽃길만 펼쳐지겠구나.'

신입 사원의 시간은 빠르게 흘러갔다. 명함을 주고받거나, 아웃룩 계정으로 메일을 보내거나, 걸려 온 전화를 다른 사람에게 돌리는 등 '업무' 축에도 끼지 못하는 일들이 내게는 어려웠다. 상사 몰래 내 자리의 전화선을 뽑아 버린 적도 있었다. 지금 생각하면 황당하지만 그때는 정말 너무 힘들었다. 회사 생활에 대한 기대감은 빠른 속도로 바닥을 드러냈다.

하루는 출근길 지하철에서 마주 앉은 사람들을 보는데 하나 같이 무표정한 얼굴이었다. 다들 즐거움 같은 건 포기하기로 한 걸까. 나도 이 중 한 명으로 보일까. 그런 생각을 하니 등골이 서늘했다. 삶을 일로만 채워선 안 되겠다는 생각을 했다. 신입 사원이라면 누구나 상사에게 예쁨 받길 원할 것이다. 그러나 나는 눈총을 받는 길을 택하기로 했다. 모범적인 신입 사원이 되는 것보다 중요한 건 내 삶이었다.

그렇게 나는 여행을 떠나기로 마음먹었다. 대학생 때는 돈이 없어서, 직장인이 되니 돈은 있는데 시간이 없어서 하지 못했던 여행. 핑계 대신 이제는 한 달에 한 번은 무조건 여행을 가기로 했다. 사실 쉬운 결심은 아니었다. 게다가 휴가라는 세계에서 불가촉천민에 속하는 신입 사원에게는 더더욱. 그러나 나는 안다. 내가 없어도 회사는 잘 돌아간다는 사실을. 합법적으로 자리를 비워도 되는 모든 날을 셈했다. 월차, 여름

휴가, 공휴일, 포상 휴가 그리고 이틀의 주말. 떠날 수 있는 모든 날에 비행기와 기차, 버스와 자동차에 몸을 실었다.

물론 호락호락하진 않았다. 비행기를 타기 직전까지 이메일을 보내거나 보고서를 수정하는 일은 양반이고, 뜻밖의 야근으로 비행기 예약을 취소한 적도 있다. 낯선 도시에 도착하자마자 카페에 들어가 일을 해야 하기도 했다. 조금이라도 여행지에 더 남기 위해 월요일 새벽에 도착하는 항공편을 예약하면 마치 정해진 수순인 듯 운항이 지연됐다.

한 달에 한 번 피곤하고 지쳐도 꼬박꼬박 여행을 떠나는 내게 주변인들은 묻는다. '본전 생각 안나?' 물론 상사의 따가운 눈총을 감수하며 값비싼 경비를 치르고 고작 사나흘 안팎으로 떠나는 것은 비효율적으로 보일 수 있다. 그러나 내게는 낯선 공간이 주는 영감과 에너지가 몇 푼의 돈보다 더 값지다. 지금이 아니면 할 수 없는 것을 놓치지 않기 위해서라면 치러야 할 게 무엇이든 기꺼이 치르고 싶었다. 일주일에 닷새는 일을 잘하는 직장인으로, 그리고 남은 이틀은 나를 위해 즐기는 사람으로. 내가 빨간 날마다 기꺼이 비행하는 이유다.

#7

며칠 전,
친구와 이야기를 나누다가
'우리 편해졌나 봐!'라고 말했다.
같이 사진을 찍었기 때문이다.
사진 찍히는 것에는 익숙하지 않은데,
그 벽을 넘은 관계에서 느끼는 온도는 분명 달랐다.
누군가에게 편안한 사람이 되고 싶다.

첫 독립,
나만의 공간 찾기

두 번째 광고 회사를 퇴사하고 원하던 사진 업종으로 이직을 하게 됐다. 원하던 일이었으나 근무지가 멀어졌다. 그렇게 나는 제주도에서 생애 첫 독립이자 자취 생활을 준비하게 되었다.

나에게 맞는 집을 구하는 건 생각보다 어려운 일이었다. 부동산 어플을 켜서 보는 집들은 하나같이 채광이 좋고 깔끔해 보였지만, 막상 가서 직접 마주한 집은 대부분 사진과 달랐다. 신축, 전세, 회사 근처, 투룸 등 내가 원하는 조건이 까다로워 보였는지 친구들은 말했다.

"진짜 포기 못 하는 거 세 개만 남기고 다 지워."
"맞아, 어차피 너희 집도 아닌데 그냥 꾸미는 재미로 살아."

"어플에 있는 집처럼 인테리어 하지도 못해. 광고 이미지로 쓰이는 예쁜 집들이잖아."

이직할 날짜는 다가오고 집을 보러 다니는 시간은 한정돼 있었다. 매 주말마다 제주도에 내려갔다. 주말 이틀 동안 거의 30군데 이상을 둘러보기도 했지만, 마음에 드는 곳은 없었다. 신발장 위에 전자레인지가 있고, 문 앞에 침대가 있는 등 헉 소리가 절로 나오는 집들이 많았다. 남향인지, 곰팡이는 없는지, 습기는 안 차는지, 화장실 물은 잘 내려가는지 등등. 돈이 많으면 원하는 쉽게 집을 구할 수 있었겠지만, 내 수중의 돈은 애매했다.

한번은 집에 대해 궁금한 게 있어 부동산 사장님께 세 번 정도 전화를 걸었더니 사장님은 "아, 육지 것들 정말 까다롭네"라며 소리를 쳤다. 태어나 처음 느낀 무례함이었다. 마음이 긁힌 나는 이렇게 대답할 수밖에 없었다. "죄송한데 없던 일로 하시죠."

돈으로 살 수 없는 경험을 하고 있지만, 돈이 있으면 경험하지 않아도 될 일들이었다.

다 컸다고 생각했다. 삼수부터 취준생까지 겪으며 많이 힘들고 흔들렸어도 어찌어찌 지나왔고, 회사 생활도 잘 버텼다. 살아간다는 것에 내성이 생긴 줄 알았다. 하지만 처음 경험하는 것이나 새로운 결정 앞에서는 무너져 내리고 만다.

결국 백퍼센트 만족하지는 못하지만 제법 괜찮은 집을 구했다. 할머니가 어릴 때 중요할 때 쓰라고 만들어 준 도장을 들고 부동산을 찾았다. 기죽지 말고 당당하게 계약하고 오라는 엄마의 당부가 있었으나, 생각보다 계약은 빨리 끝났다. 목돈을 모으기 위해 회사를 오랜 시간 다녔고, 집을 구하는데 두 달이 넘게 고생했다. 그러나 정작 집 관련 서류에 서명을 하는 데는 10분도 채 걸리지 않았다. 환영한다며 웃어 주거나 제주도로 오게 된 이유라도 물어볼 줄 알았지만, 생각보다 임대인은 임차인에게 관심이 없었다.

어른이 되어 가는 과정은 만만치 않다.

61-1
POST

#8

좋아하는 사람.

좋아하는 대화.

좋아하는 음식.

좋아하는 것만 하며 살기에도 시간이 부족하니,

너무 애쓰며 살지 않아도 괜찮아.

#9

나는 상대에게 마음을 전할 때,
말로 표현하는 것을 어려워해 편지로 대신하는 편이다.
이사 준비로 방 정리를 하다 보니 종이 한 뭉치가 나왔다.
쓰다 만 문장들, 주어도 없이 끝맺지 못한
말들이 가득 적힌 채였다.

가끔은
비를 맞아도 괜찮아

여행에서 날씨는 아주 중요하다. 여행 중에 눈이 내리면 눈싸움을 하거나 눈사람을 만든다. 날씨가 맑으면 흘러가는 구름을 사진으로 남기며 연신 "좋다"라는 감탄사를 내뱉는다. 반면 비는 달갑지 않다. 여행 중 비를 만나면 짜증부터 난다. 물론 비 내리는 모습이 낭만적이기도 하고 사진으로 남길 수도 있겠으나, 이건 어디까지나 실내에 앉아 바깥을 바라볼 때의 경우다.

가는 곳마다 맑은 날이 이어지는 날씨 요정인 친구들이 있는가 하면, 날씨 운이 지지리도 없는 사람도 있다. 바로 나다. 하와이에 출장을 갔을 땐 폭우로 촬영을 못 했고, 캄보디아에서는 퍼붓는 스콜로 인해 앙코르와트 유적지를 둘러볼 시간이 부족했다. 내리는 비조차 낭만적일 것 같았던 파리에서마저 엄청나게 쏟아지는 비로 인해 곤욕을 치른 적이 있다.

이스탄불에서도 마찬가지였다. 여행의 마지막 날, 나와 일행은 숙소 앞에 있는 토프카프 궁전을 둘러보던 참이었다. 예상치 못한 엄청난 양의 비가 내렸고, 우리는 실내에 꼼짝도 못하고 갇히게 됐다. '숙소까지 갈 수 있을까?' '카메라 비 맞으면 안 되는데'라는 생각에 슬슬 짜증이 올라오기 시작할 무렵이었다. 도대체 그치기는 할까 싶어 주변을 둘러보다가 나와 같은 상황에 처한 여행자들이 보였다.

그들 역시 비를 피하고 있었지만, 그들은 나에게 없는 것을 가지고 있었다. 여유였다. "비가 그칠 때까지 여기서 잠시 쉬었다 가자." 갑작스럽게 내리는 비를 대하는 그들의 태도는 짜증만 내던 내 모습을 되돌아보게 했다. 20일의 긴 여행 기간 동안 한 번도 내리지 않았던 비에 감사하지 못하고, 순간의 날씨를 원망한 내 자신이 너무 어리게만 느껴졌다. 이 사실을 깨달은 순간 우리는 빗속으로 뛰어들었다.

"오랜만에 비 맞으니 좋지?"

"바보 같지만 괜찮네."

오랜만에 비를 흠뻑 맞았다. 태풍을 동반한 비바람 속에서 우리는 바보처럼 뛰었다. 신기하게도 비를 맞는 동안에는 머릿속에 머물러 있었던 복잡한 생각이 사라졌다.

어쩌면 그동안 내가 힘들었던 건 머릿속에 품은 복잡함을 비우려 하지 않고 끊임없이 생각만 해 왔기 때문이 아니었을까. 원망과 짜증으로 가득 차 감사하는 마음에 자리를 내어 주지 못했던 건 아닐까. 생각이 많아지는 날이면, 이스탄불의 소나기를 생각한다.

#10

연말 정산을 하고 경악을 금치 못했다.
무슨 돈을 이렇게 썼어?
여행 사진으로 가득한 외장 하드를 열어 보고 바로 납득한다.
그럴 만했네.
오늘은 좋았지만 내일은 언제 그랬냐는 듯
또 다시 떠날 것이다.

not scooping
SCOOPIN'
HOURS

좌우명과
명언

나의 좌우명은 '과거에 지지 않을 현재'이다.

지금은 종영한 프로그램 <무한도전>에서 'YES OR NO 인생 극장 특집'이라는 에피소드가 있었다. A와 B 선택지를 놓고 선 "그래, 결심했어!"를 외치고 한 가지를 선택하는 것인데, 사소한 선택으로 인생이 어떻게 얼마나 달라지는지 보여 주는 내용이었다. 처음엔 장난 같았지만 볼수록 상징적이고 마치 우리들의 인생을 축소해 놓은 것 같았다.

술자리에서 친구들과 인생에서 어느 한 시점으로 돌아가면 그 선택을 할 거냐 말 거냐 하는 대화를 자주한다. 현실이 버겁고 힘들수록 그런 얘기를 자주 하게 되는 것 같다. 그때 다른 선택을 했으면 삶이 지금과 달랐을까 하는 미련 같은 거겠지.

어디서부터 되돌려야 할지 모르겠지만 예전으로 돌아간다면 지금 여기로 도착하는 선택을 하진 않을 것 같다.

10대에는 공부를 해도 시험지 앞에서는 왜 그렇게 답이 헷갈리는지 몰라 답답했고,
20대에는 무엇을 하고 싶은지 몰라 답답했고,
30대에는 하고 싶은 건 있는데 상황이 여의치 않거나 결정을 못 하게 됐다.

시간이 지날수록 선택하지 않은 것에 대해 덜 후회하는 것만이 내 유일한 선택지라는 걸 깨닫고 있다. 그리고 이내 선택에 대해 후회하기보다, 오늘 하루를 더 잘 살아야겠다고 다짐한다. 그것이 과거에 지지 않는 길이라 믿으며.

'기분이 태도가 되지 말자'는 내가 좋아하는 명언이다.

그러면 안 된다고 생각하면서도 힘들 때면 부모님과 친한 친구들에게 가장 많이 투덜거린다. 회사 생활이 힘들다는 나에게 엄마는 늘 "한때다, 한때"라며 위로의 말을 건넨다. 힘든 것

도 한때, 좋았던 것도 다 한때라며.

위로를 받을 때는 좋지만, 엄마는 항상 바쁠 때만 전화를 한다. 찍혀 있는 부재중 전화에 회의가 끝나자마자 급하게 전화를 하면 막상 별일이 아닌 경우가 다반사다. 밥은 먹었는지 안부를 묻는 엄마에게 난 "바빠요"라고 무심하게 대답하며 전화를 끊는다. 그리고 이내 후회한다. 기분이 태도가 되면 그 태도가 나의 기분을 더 망치기도 한다. 그러니 더욱 기분이 태도가 되어서는 안 된다.

어쩌면 두 문장은 이어지는지도 모르겠다. 과거에 지지 않는 현재를 살기 위해서는 기분이 태도가 되는 일이 없어야 하니 말이다.

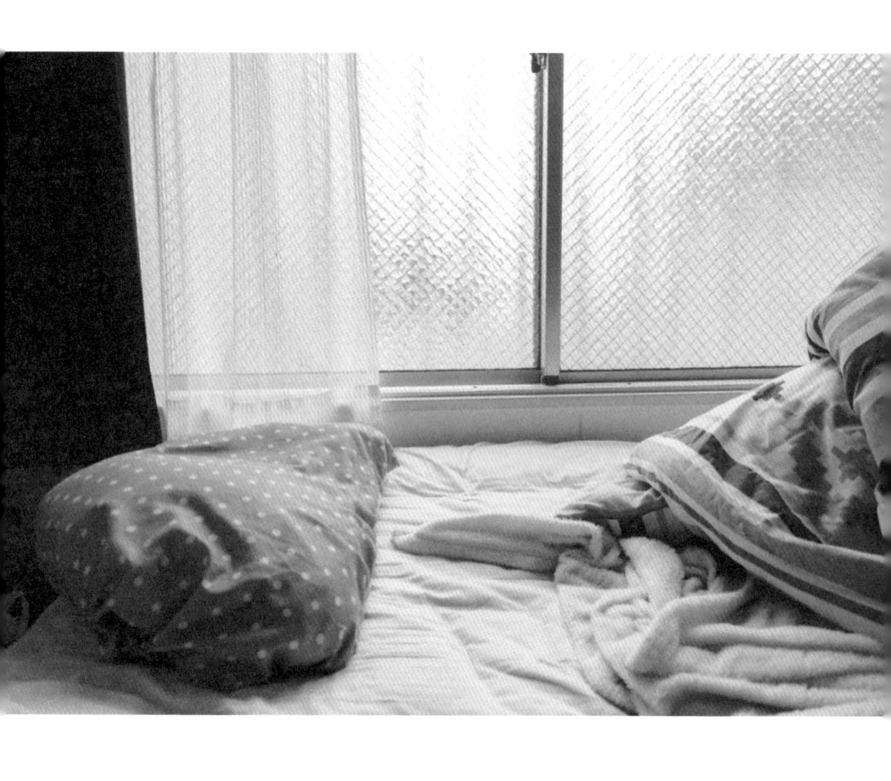

다음은
없더라도

돌이켜 보면 단지 술 마시러 떠난 여행이었다. 왜 굳이 비행기를 타고 타국에서 마셔야 했을까. 이유는 단 하나, 우리가 크리스마스를 앞둔 솔로들이었다는 것.

이 즉흥 여행의 시작 역시 술이었다. 날씨가 쌀쌀해지면 뜨끈한 어묵 국물에 정종 한 잔이 생각나는 밤이 종종 있다. 퇴근 후 "맥주 딱 한 잔!"이라는 말과 함께 술자리가 시작됐다. 그리고 시작된 여행 이야기. 당시 내 술버릇은 '결제하기'였다. 술에서 깬 다음 날 조카들에게 배송되는 장난감, 기억에 없는 택배, 심지어 자동 결제 설정을 해지해야 한 적도 있었다. 그리고 만취한 사이 저지른 티켓팅.

직장 내 한 팀에서 차장, 과장, 대리 세 명이 함께 여행을 떠나

려면 어떻게 해야 할까? 간단하다. 같은 날 휴가를 내면 된다. 다만 눈치가 보일 뿐이다. 비행기 티켓은 이미 끊었기에, 어떻게든 본부장님과 팀장님에게 잘 보이기 위한 눈치작전이 휴가계 도장을 받기 전까지 계속됐다.

누군가는 뭐하러 회사 사람들과 여행을 떠나냐고 할 수도 있을 것이다. 하지만 그건 어디까지나 일반화된 편견일 뿐 우리 마음은 그렇지 않았다. "대리, 과장, 차장. 숏, 톨, 벤티로 옷 맞춰 입으면 어때?"라는 제안에 일사천리로 단체복까지 맞췄으니까. 생각보다 추워서 많이 입지는 못했지만 대학교 때 친구들과 여행 가는 느낌으로 떠날 수 있었다.

후쿠오카를 여러 번 여행했던 나와 달리 후쿠오카를 처음 여행하는 과장님과 차장님을 최대한 배려해 관광객들이 많이 가는 무난한 코스를 구성했다. 첫 시작은 텐진에 있는 라멘집. 나는 일본 여행에 앞서 늘 라멘 한 그릇을 먹는다. 내가 데려간 음식점이 마음에 들지 않으면 어쩌나 신경 쓰였지만 다행히 두 사람 모두 흡족해했다. 나만의 전통을 누구와 함께할 수 있어 좋은 순간이었다.

119,
9:41
SHORT
TALL
ENTI

SUNTORY
ALL-FREE
粒選り麦芽100%仕込
カロリーゼロ*
糖質ゼロ*
ALC. 0.00%
ノンアルコール
ビールテイスト飲料
乳酸菌飲料
4986 7534
4986 7510

原
グレープ
天領日田
原
メロン
YUFUIN CIDER
原
虹色ラムネ

텐진 거리는 연휴를 즐기는 사람들로 북적였다. 후쿠오카 타워의 평소 대기 시간은 5분인데 크리스마스 시즌이라 40분은 기다려야 했다. "남산 타워도 안 가 봤는데, 가지 말자." 그리고 도착한 건너편 모모치 해변. "양양 솔비치 해변이랑 비슷하네. 그만 가자." 쇼핑을 하다가 달력이 너무 예뻐서 고민하고 있자면 날아오는 차장님의 한 마디. "어차피 회사 달력 쓰잖아." 이렇듯 우리 여행은 이상하리만치 여행지에 무심했다.

연차는 다르지만 비슷한 나이대인 우리는 '우린 왜 애인이 없을까'라는 주제를 시작으로 첫 날부터 밤새 이야기를 나눴다. 문제는 다음 날이었다. 유후인온천 여행을 떠날 예정이었는데 전날 과음을 한 것이다. 머리가 깨질 듯 아팠다. 과장님, 차장님을 깨우면 짜증을 낼 것 같아 조심스럽게 핸드폰 알람을 울렸다. 놀랍게도 다들 곧장 눈을 떴는데, 알고 보니 출근해야 하는 줄 알고 벌떡 일어났다고.

그렇게 우리는 무사히 유후인온천에 도착할 수 있었다. 그런데 온천에는 수영복과 같은 가림막(?)이라도 하고 들어갈 줄 알았는데 홀딱 벗어야 한단다. 대여한 수건도 내 몸을 가리기

엔 역부족이었다.

“고개 돌려.”
“멀리 봐, 다들!”

부끄러움에 술이 깨는 기분이었다. 온천이 끝나고 모두들 거의 반백숙 상태가 되었고, 마을로 걸어 내려가는 동안 서로를 바라보며 웃기만 했다. 회사에서 잘 웃지도 않는 우리들은 작은 것 하나에도 연신 우와, 하고 탄성을 지르며 감탄하고 웃기 바빴다.

“너무 예쁘지 않아요?”
“응, 회사 앞이 아니라서.”

하지만 긴린코 호수 앞에서 인증 샷을 찍을 때만큼은 흡사 포천 산정호수로 회사 야유회를 온 것만 같다는 기분을 지울 수 없었다.

어느 덧 여행의 마지막 날. 월요일 아침부터 비가 내렸고 우리는 오랜만에 늦잠을 잤다. 월요일이 시작됐다는 것을 알리듯 회사 업무로 핸드폰이 울린다. 그래도 좋다. 평소에도 다 같이 먹는 점심이지만 여행지에서 먹는 마지막 점심이라 그런지 더 특별하게 느껴졌다. 그렇게 우리는 비행기를 타기 전까지 남은 동전을 탈탈 털어 맥주를 마셨다.

야심차게 다음을 기약했던 우리 삼인방의 여행은 끝내 실현되지 못했다. 출근과 동시에 조직 개편이 이뤄졌고, 뿔뿔이 흩어져야만 했으니까. 우리는 개미 같은 목숨이라며 허탈해했지만 그만큼 밀어붙여서라도 여행을 다녀오길 잘했다는 생각이 들었다. 다음이 없으면 어떤가. 오늘도 이렇게 지난 여행을 떠올리며 오늘을 버틸 수 있는 힘을 얻었으니 그것으로 충분하다.

#11

누군가를 좋아하면
상대의 습관을 따라 하고 싶거나,
취향을 공유하고 싶어진다.
가령 상대가 사진을 좋아하면
관심 없던 사진에 관심을 보이게 되고,
특정 분야의 책을 좋아하면 그 분야의 책에 눈길이 가고,
좋아한다는 영화나 음악을 알게 되면
집에 와서 몰래 보거나 듣게 된다.
나의 시간에 누군가 이름이 짙어지며
한 발짝 다가오는 건 설레는 일이다.
다만 이 시간 속에서 나라는 사람은 잃지 않기를,
서로가 함께 하고 싶은 것을 공유하며 나란히 걸을 것.

일상과 여행은 어디에나 있다

직장인에게 일주일은 장기 여행에 속한다. 요즘 유행하는 n달살이는 아마 최소 한 달부터 쳐주는 것 같지만 직장인은 일주일도 일주일살이로 인정해 줘야 마땅할 것이다.

빠듯한 일정을 최대 효율로 돌리는 것도 좋지만 '여행은 살아보는 거야'라는 어느 광고 카피처럼, 숙소를 옮기지 않고 한 지역이나 동네에 머물며 최대한 현지인처럼 지내는 여행도 나름의 매력이 있다. 단 일주일만이라도 말이다.

현지 마켓에서 갓 구운 빵과 신선한 우유를 사 들고 돌아와 아침을 먹고, 유명한 관광지를 돌아다니는 대신 동네를 어슬렁어슬렁 산책하는 일상이 이어진다.

사실 정착 여행을 하면서 내가 가장 좋아하는 일은 빨래다. 누군가는 '여행 갔는데 무슨 빨래방에서 시간 낭비야'라고 말할 수도 있지만, 나는 건조기에서 갓 나온 빨래를 꺼낼 때 풍기는 세제 냄새와 뽀송한 느낌이 좋다. 내가 일상을 보내고 있다고 확인시켜 주는 것 같다.

여행을 다니면서 거쳤던 여러 빨래방의 모습들이 생각난다. 해외에는 우리나라와는 다르게 건조기는 차치하고 세탁기도 구비되어 있지 않은 가정이 많아 곳곳에 빨래방이 많이 분포돼 있다.

이탈리아 피렌체에 있는 빨래방에서 빨래를 기다리던 때였다. 한쪽 구석에 익숙한 파란 로고가 눈에 띄었다. 이탈리아 대표 커피 브랜드인 라바차 캡슐 커피가 비치되어 있던 것이다. 허름한 빨래방에서 1유로를 내고 라바차 커피를 맛볼 수 있다니. 하긴, 여기서는 우리가 점심시간에 맥심 스틱을 타먹는 것과 비슷하려나.

뉴욕 빨래방에는 유독 대학생들이 많았다. 그들은 세탁기가

PLEASE BE ALERT!
USE CAUTION
FRONTLOAD WASHER INSTRUCTIONS
NO FUMAR
JANITORS CLOSET
MAYTAG

7:00AM-10:00PM
LAST WASH 8:30PM
CLOSE 10:00PM
WET
FLOOR

돌아가는 동안 한쪽에서 쭈그리고 앉아 리포트를 쓰고 있었다. 아이고, 저렇게 열심히 해도 다들 결국 직장인이 되겠지.

빨래방마저 예뻤던 포르투에서는 빨래방에 들른 사람들이 빨래가 끝나길 기다리며 작은 텔레비전에 시선을 집중하고 있었다. 마치 저녁 시간에 말없이 텔레비전을 보는 가족의 모습 같았다. 내용을 알 수 없는 뉴스가 계속 흘러나왔고, 나는 그들과 함께 앉아 열심히 화면만 쳐다봤다. 낯선 것으로 이루어진 익숙한 일상이었다.

한 달살이까지는 못 하더라도 내 일상의 중요한 부분을 차지하는 일을 여행지에서도 지켜 낸다면 그것으로 충분히 여행을 '사는' 것이 아니라 여행지에서 '사는' 경험을 할 수 있다고 믿는다. 말장난 같지만 이런 마음가짐에는 생각보다 큰 힘이 있다. 그런 믿음은 일상으로 확장되어 반복되는 생활도 작은 변화만으로 여행처럼 삶을 풍요롭게 만들 수 있기 때문이다.

#12

카메라 하나만 가방에 넣고, 아무 버스를 타고
낯선 정류소에 내려, 모르는 길을 걷다가
만나는 순간들.
날씨가 좋았고, 구름들이 예뻤다.
첫 제주도 가을을 이렇게 기록해 본다.
너도 이 풍경을 봤으면 좋겠어.

서른 살의
뉴욕

서른 살 여름, 나의 첫 책이 나왔다. 감사하게도 반응이 좋았다. 책이 나오면 회사 생활에 조금이라도 변화가 있을 줄 알았지만 정말 아.무.일.도. 없었다. 아침이면 지옥철을 타고 출근해 정신없이 업무를 보고, 점심을 먹고, 미팅을 하고, 저녁이면 다시 사람들 틈에 끼어 퇴근을 했다.

그나마 인터뷰를 할 때만큼은 내가 '작가'라는 사실을 실감할 수 있었다. 누군가 계속해서 나를 '작가님'이라고 부르기 때문이다. "작가님께서는 어떤 목적을 가지고 여행을 떠나시나요?" "작가님께서 여행에서 가장 얻고 싶은 것은 무엇인가요?" 하지만 작가님 소리를 그렇게 듣고도 그 질문들에 대해 내가 한 대답은 고작 "딱히 없는데요"였다. 민망하지만 사실이다. 내가 다닌 어떤 여행에도 목적은 없었다. 내게 여행은 그저 지친 일상의 탈출구였다. 여행은 항상 좋았지만 한편으로 어디를 가나 느끼는 감정은 비슷했다. 회사만 아니면 어디든 상관없기는 했다.

뉴욕은 달랐다. 어디선가 읽은 '서른 살, 뉴욕'이라는 한 구절이 나를 홀렸고 뉴욕으로 이끌었다. 끝을 알 수 없는 레이스 같았던 이십대가 끝나고 서른이 된다는 것에 대한 복잡한 감정이 계속 마음 한편에 있던 차였다. 서른 살은 과연 어떤 의미일까? 서른 살과 뉴욕이 무슨 상관이 있기는 할까? 나는 이런 생각을 하며 뉴욕행 티켓을 끊었다. 그 전 여행들과 달리 뉴욕 여행엔 분명한 목적이 있었다. 바로, 뉴욕에 가는 것이었다.

뉴욕으로 떠나기 전날까지 야근을 했다. 휴가에 대한 설렘이라곤 없이 지친 몸을 기계적으로 움직여 비행기에 올라탔다. 창밖은 암흑이었다. 유리에 비치는 내 얼굴에는 이십 대가 끝난다는 고요한 절망과 회사 업무에 찌든 거친 피로가 뒤섞여 있었다. '서른 되기 전에 잘한 일이 있기는 할까?' 문득 떠오른 질문에 대한 답을 한참을 생각하다 떠오른 답은 다름 아닌 '퇴사'였다.

첫 번째 근무하던 회사엔 3년을 근속하면 한 달의 유급 휴가를 주는 제도가 있었다. 그 휴가를 받을 날이 얼마 남지 않았을 때였지만 난 퇴사를 고민 중이었다. 주변에서는 "우선 여행 다녀와서 생각해" "이만하면 신의 직장이지. 버텨" 하는 말로 나를 만류했다.

그 회사에서 일하는 3년 동안 내 머릿속에는 두 가지 생각이 있었다. '내 사업을 해 보고 싶다'는 생각과 '이 회사는 오래 있을 곳이 아니다'는 생각. 일 년, 이 년 더 머무르면 안정적일지는 모르지만 그저 그런 사람으로 남을 것 같았다. 결정적으로 마크 트웨인의 말이 퇴사 의지에 기름을 부었다.

'앞으로 20년 후에 당신은 저지른 일보다는 저지르지 않은 일에 더 실망하게 될 것이다. 그러니 밧줄을 풀고 안전한 항구를 벗어나 항해를 떠나라. 돛에 무역풍을 가득 담고 탐험하고, 꿈꾸며, 발견하라.'

METROPOL
GRAND S
TO STREE &

TAN AVE.
REET
ANSFER

CHASE
10 AV

결국 난 한 달 유급 휴가를 기다리지 않고 퇴사를 택했다. 그동안 모은 돈을 밑천 삼아 늘 해 보고 싶었던 일을 실행에 옮겼다. 그렇게 한 달. 수입은 괜찮아 보였으나 본격적으로 일을 키우고 이어 나갈 용기가 없었다. 동시에 내 모험심과 도전 정신은 상당 부분 직업적 안정에서 온다는 사실을 깨달았다. 먹고 사는 일에 그것들을 모두 써 버리면 인생을 즐길 수 없을 것 같았다. 그렇게 난 새로운 직장으로 이직을 했다. 그때 그런 결정을 하고 시도해 보지 않았으면 나는 늘 후회와 갈증 속에서 회사를 다녔을 것이다.

어느새 뉴욕에 도착했을 땐 내 이십대는 꽤 괜찮았다는 결론에 도달해 있었다. 입국 심사에서 "뉴욕엔 무슨 일로 왔느냐"라는 질문에 "곧 서른이라서요"라고 답하고 싶었지만 무심하게 "Just trip"이라고 대답했다.

뉴욕은 취미로 사진을 찍기 시작하면서 막연하게 가 보고 싶던 도시였다. 브런치와 커피를 마시며 뉴요커처럼 살아 보고 싶은 곳. 평소 같으면 관광지 위치를 찍고 빠릿빠릿하게 돌아다녔겠지만 그럴 힘이 없었다. 첫 날엔 세상모르고 늦잠을 잤다. 씻고 일어나 뭉그적거리며 옷을 입고 근처 카페에서 아메리카노와 브런치를 주문했다. 기다리는 동안엔 괜히 영자 신문을 뒤적거렸다. 커피가 나오자 커피와 신문과 크로와상 한 조각을 예쁘게 놓고 사진을 찍어 SNS에 올렸다. #여행의여유 #휴가3일차. 남이 한 것을 보았다면 허세네, 자랑이네, 했겠지만 내가 하니 로맨스가 따로 없다.

인생 영화로 꼽으며 매년 생일마다 다시 보는 <월터의 상상은 현실이 된다>의 촬영지가 근처에 있다는 걸 알고 가 보기로 했다. 사진을 좋아해서 『라이프』 잡지 속 사진 이야기도 흥미로웠고, 영화의 메시지와 환상적인 장면들도 모두 좋았다. 나는 영화 첫 장면의 배경이 되는 125st역으로 향했다.

막상 찾아간 역은 평범했다. 프로 출퇴근러 월터가 무기력한 얼굴로 열차를 기다리는 모습이 떠올랐다. 나는 주인공이 앉아 있던 자리에도 앉아 보고, 플랫폼 모서리를 따라 걸어도 보았다. 나도 지금 서울에 있었다면 지하철을 타고 출근을 했겠지. 늘 그랬듯이. 땡땡땡. 감수성에 젖어 있던 나는 열차가 들어오는 소리에 화들짝 놀라며 정신을 차렸다.

125 Street

서른 살을 핑계 삼아 떠난 처음으로 분명한 목적을 갖고 떠났던 뉴욕. 막상 그곳에서는 정처 없이 걸어 다니며 일상과도 같은 나날을 보내고 돌아왔더랬다. 서른을 맞이하고자, 혹은 피하고자 갔던 뉴욕에서 내가 찾은 것은 다름 아닌 나의 이십대를 끌어안을 수 있는 마음이었던 것 같다. 훗날 또다시 인생의 전환점을 지난다는 생각에 불안하고 조급해질 때면 그 날의 125st역을 떠올리고 싶다.

#13

네가 보고 싶어
문자를 할까 말까전화를 할까 말까
얼마나 고민했는지 몰라.

내가 뭘 좋아하는지 모를 때

"좋아하는 게 있어 좋겠다"는 말을 들었을 때, "좋아하는 게 왜 없어?"라고 되묻는 게 상대방에겐 상처가 될 수 있는지 몰랐다. 나는 늘 좋아하는 게 있었기 때문이다. 나의 질문을 받은 사람들은 머쓱한 듯 웃으며 "그러게……" 하며 말끝을 흐리곤 했다. 나는 시간이 한참 흐른 뒤에야 자신이 무엇을 좋아하고 싫어하는지 모르는 사람들이 의외로 많다는 걸 알게 됐다.

친구들이 나에게 자주하는 고민 상담이자 가장 답하기 어려운 질문도 이와 맞닿아 있다.

"좋아하는 걸 어떻게 찾았어?"

'좋아하는 것'을 떠올릴 때면 떠오르는 장면이 있다. 스페인

Nita

바르셀로나 근교에 위치한 지로나로 당일치기 여행을 다녀오기로 한 날이었다. 지로나는 카탈루냐 자치구에 속해 이탈리아 피렌체와 비슷한 분위기를 풍기는 도시다.

지로나 성곽을 따라 지로나 대성당으로 가는 길, 한 서점이 나의 발길을 멈춰 세웠다. 1879년에 연 '지로나 서점'은 100년도 넘은 역사를 지니고 있었다. 이 서점에 들어서자 눈에 띈 건 책장 하나를 가득 채운『어린 왕자』책들이었다. 서점 주인이 전 세계에서 수집한 다양한 표지와 언어의『어린 왕자』들이 모여 있었다. 혹시나 하는 마음으로 한글 번역본이 있는지 보았지만 아쉽게도 찾을 수 없었다. 가방에 책이 있었다면 서가에 몰래 놓고 나왔을 텐데…….

나는 태어나 처음 접한 어마어마한 규모의 개인 컬렉션의 규모에 압도되어 이런 게 진짜 '덕질'이구나 하고 생각했다. 이후 좋아하는 것, 하면 늘 그때 그 서점에 빼곡히 꽂혀 있던 어린 왕자 책들을 떠올린다. 이정도 규모와 역사면 서점에 오는 사람들마다 서점 주인이 어린 왕자를 얼마나 사랑하는지 모르려야 모를 수가 없을 터였다.

한편 내가 좋아하는 몇몇 것들이 도드라져 보이는 것은 내가 그것들을 엄청나게 좋아해서가 아니라 싫어하는 게 많아서가 아닐까 하는 생각을 한다. 음식만 해도 토마토, 카레, 냉면, 순대, 면류 등 싫어하는 게 명확하고 또 많기도 하다. 그러다 보니 사람들이 모여서 메뉴를 고를 때 내 의사가 많이 반영되곤 한다. 이런 모습을 보아 온 친구들에게 '엄지는 좋아하는 게 명확해'라는 인식이 심겨진 게 아닐까?

누군가가 무엇을 얼마나 좋아하는지가 드러나는 방법은 이렇듯 한 가지가 아니다.

좋아하는 것과 싫어하는 걸 모르고 살아가는 사람들에게 말해주고 싶다. 좋아하는 것을 찾으려면 반대로 싫어하는 게 뭔지 알아야 한다고. 싫어하는 음식, 싫어하는 행동, 싫어하는 상황 등을 알면 반대로 내가 무엇을 좋아하는지 알 수 있게 된다고.

성격이 비슷한 사람보단
취향이 비슷한 사람이.

힘들 때 위로해 주는 사람보단
기쁠 때 축하해 주는 사람이.

예쁘게 만나 일상을 특별하게 해 주는 사람보단
편하게 만나 잠깐을 공유해 줄 사람이.

내 이야기를 들어 주는 사람보단
내 마음을 먼저 읽어 주는 사람이.

누군가 그런 친구가 되어 주기보다는
내가 먼저 그런 친구가 되길.

#14

성격이 비슷한 사람도 좋지만,
요즘은 취향이 비슷한 사람이
더 좋아 보여요.

We Deliver For You.

그때의
나를 만나는 일

여행을 자주 떠나는 내게 친구들이 공통적으로 물어보는 것이 있다.

"여행을 갔을 때 꼭 하는 일이 있어?"

물론 있다. 나는 여행을 할 때 시간을 내서라도 시장, 기차역, 터미널, 서점 등은 꼭 들르는 편이다. 관광지에서는 느낄 수 없었던 현지의 생생함을 느끼고 사람 냄새를 맡을 수 있다. 친구들에게도 이곳들만큼은 꼭 방문하라고 추천하곤 한다. 한 가지가 더 있는데 바로 나에게 편지를 쓰는 일이다.

여행은 일상으로부터 잠시 떠나는 일이다. 다시 제자리로 되돌아갔을 때 떠남의 순간을 다시 기억하기 위해서 나는 미래의 나에게 엽서를 부친다. 여행의 마지막 날이면 우체국을 찾는 이유다.

엽서에 쓴 이야기는 대부분 이렇다. 돈을 열심히 벌어야겠고, 부모님을 꼭 모시고 와야겠으며, 영어 공부를 해야겠다는 등의 다짐이다. 이런 식으로 나에게 받은 엽서가 벌써 20장 남짓이다. 한국에 있을 나에게 엽서를 부치고 나면 진짜 여행이 끝났다는 생각에 아쉽고 허전해진다.

그렇게 인도에서 보낸 엽서는 3개월이 지난 후에 진흙범벅으로 내게 돌아왔다. 볼리비아에서 보낸 엽서를 받았을 때는 지구 반대편 온기를 다시 느낄 수 있었다. 태국에서 보낸 엽서에는 무언가 하고 싶다던, 지금은 기억나지 않는 다짐들이 적혀 있었다. 말레이시아에서 보낸 엽서에는 여행 내내 무진장 외로웠던 내 모습이 담겨 있었고, 프라하에서 보낸 엽서를 보자 스티커 우표를 처음 보고 놀랐던 기억이 되돌아왔다.

놀라운 점은 여행지에서 보낸 엽서가 항상 기가 막힌 타이밍에 한국에 도착한다는 것인데, 유독 힘든 날을 보낸 날이면

LETTERS
RS
Air Mail
UNITED STATES
POSTAL SERVICE.
COLLECTION TI
MONDAY - FRIDAY
11:00 A
3:00 P
SATURDAY
11:00 AM
3:00 PM
SUNDAY
HOLIDAY
NO COLLE
NO COLL

우편함엔 여행지에서의 내가 한국에 있을 나에게 보낸 엽서가 꽂혀 있었다. 그 한 장의 엽서에 담겨 있는 생각과 자극들은 고스란히 내일을 버틸 수 있는 힘이 되어 준다.

사진이 여행의 진행형을 기록하기 위함이라면, 엽서는 여행의 완료형을 위한 습관이다. 먼 거리를 날아와 줘서 고마워, 과거의 엄지야.

먼 훗날 지금을 돌아보며 힘들었던 때를 잊지 말 것. 할 수 있다. 엄지.

나를 좀 믿어 보자. 잘 하고 있다. 충분히.

엄지가 엄지에게. 첫 유럽 여행 축하해. 사랑하는 사람과 꼭 다시 오길.

영어를 못하면 힘들다.

#15

한 번쯤은 물어보고 싶다.
당신에게 난 어떤 사람으로 기억되고 있는지.

정답 아닌
해답을 찾을 때

개인적으로 11월에 여행하는 것을 좋아하지 않는다.
뭔가 애매한 느낌 때문이다.
연차를 소진해야 한다는 의무감에 휴가 계획을 세우는 연말 직전의 11월.

애매하게 생각하는 달에
애매하게 연차가 남아
애매한 기간으로 이탈리아로 떠났다.

수천 년의 역사를 지닌 이탈리아를 7일 만에 여행한다는 건 어리석은 일이라고 생각하면서도, 이내 검색창엔 '이탈리아 일주일 여행 코스' 따위의 검색 기록이 쌓여 갔다.

이탈리아의 항구 도시 베네치아는 전 세계적인 관광 명소지만 나는 별로 가고 싶지 않았다. 물을 좋아하지 않기 때문이다. 하지만 나는 어디로든 떠나야 했고, 아직 가 보지 않는 나라 중에서 그때 당시 비행기 표를 구할 수 있는 곳은 이탈리아뿐이었다.

다행이 베네치아의 시작점, 산타루치아 역에 도착했을 때 내 마음은 정반대의 감정으로 차올랐다.

"안 왔으면 큰일 날 뻔했네."

복잡하기로 유명한 베네치아 골목은 미로 그 자체다. 구글 지도가 내 위치를 잡는 게 신기할 정도였다. 좁은 골목은 또 다른 골목으로 갈라졌고, 왔던 길로 돌아가려 하면 막다른 골목이 나타났다.

복잡한 미로 속에서도 악착같이 목적지를 향해 나아가면서 머릿속에 한 가지 생각이 스쳤다.

'어쩌다 여기까지 왔을까?'

따지고 보면 복잡하기로는 내 인생이 베네치아 골목보다 더하면 더했지 덜 하지는 않을 거였다. 고등학교 때는 내가 수학을 제일 잘한다는 아버지의 판단으로 이과를 선택했고, 취업이 잘 된다는 선생님 말씀에 따라 공대를 갔다. 이후에도 인생에서 좁은 골목 끝에 새로운 갈림길을 만날 때마다 나는 내가 원하는 것보다는 무엇이 정답인가를 고민했다. 그러고 난 뒤에는 다시 막다른 골목에 부딪히기 일쑤였다.

지도에서 눈을 떼지 못한 채 베네치아 골목을 헤매는 내 모습과 지금까지 살아온 내 인생은 너무나 닮아 있었다. 목적지로 가는 정답을 찾는 것.

여행은 늘 그렇게 앞만 보며 사는 내 자신이 걱정되어 갖게 된 취미다. 나를 알기 위해 시작한 일이었다. 나 자신과의 대화라는 명분 아래 그렇게도 자주 떠나왔건만, 마음을 고쳐먹지 않고는 서울에서나 베네치아에서나 다를 바 없다는 생각이 들었다. 나는 잠시 지도를 끄고 골목을 헤매기로 했다. 불안과 걱정이 슬그머니 고개를 들었지만 한편으론 후련했다.

요리조리 골목을 쏘다니다 마침내 큰길로 나왔을 때는 이런 생각이 들었다.

'정답이 없으면 해답을 찾으면 되는구나.'

되돌아보면 베네치아의 좁은 골목 모퉁이마다 기념품 가게와 작은 에스프레소 맛집이 있었다. 그곳들이 걷다 지친 여행자들에게 쉼표 같은 휴식처가 되어 주었다. 길을 잃는다고 해서 그길로 낙오되거나 조난되어 죽지는 않는다. 어디든 쉬어 갈 곳이 있을 것이다. 나는 그렇게 믿기로 했다.

정신없이 일주일을 보내고 16시간 긴 비행 끝에 일요일 저녁 인천 공항에 도착했다.

골목을 다니며 득도라도 한 양 속으로 으스댔지만 그런 감정은 출근한 지 5분 만에 모두 사라졌다.

그래도 가끔씩 답이 없는 일을 끙끙대고 있자면 베네치아의 골목에서 했던 생각들이 어렴풋이 떠오른다. 그래, 길 좀 잃을 수도 있지. 정답이 없으면 해답을 찾으면 되잖아.

#16

드라마 속 화려하고 박력 넘치는
직장인의 모습은 아니지만,
평범하고 단조로운, 보통의 일상 속에도
아름다운 순간은 있기에.

수고했어, 오늘도.

누군가의 처음

포르투갈을 가기 위해서는 근처 국가의 도시를 경유해야 한다. 직항이 없기 때문이다. 그렇게 나는 예정에 없던 가우디의 도시인 스페인 바르셀로나를 방문하게 됐다. 짧은 경유 시간 동안 가우디의 작품을 만나 볼 수 있는 일일 투어를 신청했다.

나는 회사 생활을 하면서 가리는 음식이 많아 힘들었다. 냉면집에 가도 냉면을 싫어하니 만두만 먹고, 김치찌개 식당에 가도 김치를 싫어하니 계란말이만 흡입하는 식이었다. 회사 선배들은 내가 개인 약속이 있는 날에 나 때문에 못 먹었던 음식들을 먹으러 가기도 했다.

문제는 내 편식 리스트에 토마토도 있다는 사실이었다. 스페인 음식 대부분은 토마토가 기본 식재료로 사용된다. 일일 투어의 점심시간, 나는 토마토가 들어 있지 않은 음식을 찾고 있었다. 그때였다. 뒤에서 졸졸 따라 오던 한 남자가 "저기요"라며 말을 걸었다. 여행지에서 만나는 로맨스가 이런 것인가 생각한 순간, 그는 말했다. "식사 혼자 하시면 같이 드실래요? 저도 혼자라."

그래, 여행지에서 혼자 밥 먹기는 싫었던 거구나……. 김치도 못 먹으면서 김칫국 마시는 데는 일등이다. 부끄러움을 누르기 위해 재빨리 "전 감자튀김 먹으려고 했는데"라고 답했더니 그는 흔쾌히 좋다고 했다. 우리는 뜨거운 햇볕 아래 감자튀김과 맥주 한 병을 들고 바르셀로나 네타 해변에 앉았다. 네타 해변에는 누가 보거나 말거나 태양을 즐기는 사람들로 가득했다. 수영복을 입기에는 뚱뚱한 것 같아서 남들의 눈치를 보며 부끄러워했던 내 모습이 떠올랐다.

"스페인에 맛있는 음식도 많은데 왜 감자튀김을 먹어요?" 처음 보는 사람에게 내 편식에 대해 주절주절 말하기 싫어 감자튀김을 좋아한다고 말했다. 그는 감자튀김을 이리저리 옮

겨가며 해변을 배경으로 다양한 각도로 사진을 찍고 있었다. SNS를 열심히 하는 사람인가 생각했는데 그런 내 시선이 느껴졌는지 그가 꺼낸 말은 의외였다. "제가 해외여행은 처음이라."

겉으로 티는 안 냈지만 나는 해외여행을 처음 왔다는 그의 말에 굉장히 놀랐다. 그는 대학교 생활이 바빴고, 바르셀로나도 학회 일정으로 왔다가 자유 시간에 일일 투어에 참가한 거라는 설명을 덧붙였다. '30대에 해외여행이 처음일 수 있나?'라고 생각했던 내 편견이 부끄러워졌다. 그리고 처음 해외여행을 와서 더 맛있고 특별한 음식을 먹고 싶었을 그에게 단호박처럼 "감자튀김이요"라고 말한 것이 미안해졌다.

여행 자체에 익숙해지면서 나는 처음의 설렘과 소중함에 얼마간 무감각해졌던 것이 사실이다. 예상에 없던 누군가의 처음을 함께한 것을 계기로 나는 처음의 감각에 대해 다시 생각해 보게 되었다. 내게 바르셀로나는 몇 번째인지 세기도 어려운 여행지이지만 낮에 만난 사람에게는 첫 번째 해외여행 도시였고, 그 기억은 누군가의 것보다 특별하게 남을 터였다.

그런 생각을 하니 문득 그 사람이 부러워졌다. 진짜 부자는 여행을 많이 다닌 사람이 아니라 처음의 감각을 잃지 않는 사람일지도 모르겠다.

#17

"데리러 갈게."
어쩌면 가장 다정한 말.

HARRY HOLE
LUONTO
ELÄMÄÄ
STORA HAMNBOKEN

자기만의 공간을 찾아서

문득 더 이상 예전처럼 한 번의 여행에서 많은 곳을 여행하지 못하겠구나 깨닫게 될 즈음, 어째서 대학생 시절 세계 일주를 하지 않았던 걸까 후회할 즈음, 9박 10일간 유럽의 랜드 마크만 찍는 여행을 하는 부모님이 이해될 즈음, 핀란드 헬싱키에서 6시간 레이오버를 할 수 있는 기회가 생겼다.

레이오버는 스톱오버와 달리 최종 목적지에 도착하기에 앞서 경유하는 시간이 24시간 미만에 해당하는 경우를 말한다. 보통은 경유지에서 2~3시간 정도 머물기 때문에 공항과 시내가 가까우면 시내 관광을 하는 여행객들도 있다. 단, 레이오버는 주어진 시간이 길지 않아 공항을 벗어나는 순간부터 철저히 시간 관리를 해야 한다. 나에게 주어진 시간은 오직 6시간, 어느 때보다 밀도 높게 보내야 했다.

나는 짧은 시간 동안 좋아하는 공간을 둘러보기 위해 엑셀 시트에 분 단위로 코스를 기입했다. 그러다 이것도 직업병인가 하는 생각에 잠시 회의감이 들었다. 이내 진짜 좋아하는 장소만 보자는 생각으로 헬싱키 중앙역과 아카테미넨 서점 두 군데를 골랐다. 여행지에서 좋아하는 공간을 찾아간다는 것만큼 즐거운 일이 또 있을까.

헬싱키 중앙역에 내리자 디자인의 도시, 북유럽에 왔다는 게 실감이 났다. 심지어는 시티 투어가 적혀 있는 팸플릿마저 디자인이 예사롭지 않았다. 챙겨 갈까 생각했지만 이내 "쓰레기 수집 금지"를 외치는 엄마의 잔소리가 들리는 듯해 조용히 내려놓았다.

시월의 헬싱키는 영하 20도였다. 나는 두 볼이 빨개진 채로 아카테미넨 서점에 들어갔다. 밖은 눈보라가 치는데 서점에 들어서니 은은한 분위기가 흐른다. 서점의 인기 공간은 2층 카페 알토. 차분한 서점의 분위기는 마치 미술관에 온 듯한 느낌이다. 따뜻한 아메리카노를 홀짝 맛보자마자 어느 여행책 속 한 문장이 떠올랐다. '북유럽의 커피는 맛이 없다.'

요새는 어디에서나 독특한 디자인의 카페를 쉽게 찾을 수 있다. 이런 장소는 SNS에 #감성사진 #셀카맛집 등의 해시태그를 타고 금세 퍼진다. 좋아했던 공간에 사람들이 몰리면서 예전과 같은 모습을 찾아볼 수 없을 때, '이렇게 변했어?'라며 아쉬움을 느낀 적도 많다. 나만 아는 것 같던 인디 뮤지션이 대중에게 알려지면서 '내 거 아닌 내 것 같은' 기분을 느끼는 것과 비슷하다.

내 일상에도 다양한 공간이 존재했다. 그중 일상에서 가장 많이 머물렀던 공간은 회사 책상이다. 부장님과 대리님의 뾰족한 눈초리에 몸 둘 바 몰라 고개를 처박고 있던 공간이다. 반면 달콤했던 공간은 일상의 틈을 내 찾아가는 곳이다. 이전 회사 근처의 덕수궁이 그렇다. 거닐다 보면 마음이 차분해지고 아이디어가 샘솟는다. 서울의 과거와 지금의 내가 공존하는 기막힌 공간이다. 매월 마지막 주 저녁에 찾던 서점도 그렇다. 월말에 방문하는 서점에는 다음 달의 매거진이 미리 진열돼 있다. 다음 달 트렌드를 미리 예측하면서도 한 달의 마지막을 마감하는 휴식처 같은 공간이다.

기분이 울적할 때 찾는 공간도 있다. 대학로에 있는 한 맥줏집은 내가 좋아하는 노래를 밤새 들을 수 있다. 일 년째 꾸준히 방문했지만 망하지 않을까 우려될 정도로 사람이 없었다. 그 외에도 내 일상을 스쳐 지나간 수많은 공간이 있지만, 이 중 내가 가장 좋아했던 공간은 매일 출근길에 타던 5616번 버스 맨 뒷좌석이다. 그 자리에 앉으면 왠지 하루의 일이 술술 풀릴 것만 같다. 행운을 가져다줄 것만 같은 나만의 미신이다.

내 주변 사람들도 각기 '나만의 공간'을 갖고 있다. 수요일만 되면 코인 노래방을 가는 차장님, 금요일 밤에는 홍대 만화방을 찾는다는 부장님이 그렇다. 우리는 모두 자기만의 공간에서 삶의 에너지와 위로를 받는다.

여행에서는 자신이 어떤 공간에서 편안함을 느끼고 영감을 얻는지 아는 것이 매우 중요한 요소다. 공간에 예민한 감각을 가지면 같은 여행도 훨씬 풍성하게 만들 수 있다. 아무리 먼 곳으로 떠나 넓은 곳을 여행한다 해도 그 여행의 순간 대부분은 특정한 공간으로 채워지기 때문이다. 그러니 나만의 공간을 찾을

필요가 있다.

'띠링.'

서점을 조금 더 둘러보려는 찰나 알람이 울린다. 이제 30분 남았다. 돌아가자.

#18

오랜만에 전화를 걸어 서로의 안부를 물었다.
수화기 너머 들리는 목소리엔 어색함이 없었지만,
느껴지는 온도는 달랐다.
늘 그랬듯 마지막은 서로의 안녕을 빌었다.

아빠의
필름 카메라

한 개인의 성격 및 취향과 직업 따위는 하루아침에 정해지는 것이 아니라 과거의 시간이 쌓인 결과라고 생각한다. 점이 모여 선이 되듯, 하나하나의 과거가 모여 지금의 내가 되는 것이다.

연애를 하며 러브장을 열심히 꾸미던 누군가는 지금, 사람들의 생일마다 이벤트 현수막을 만들어 주는 일을 업으로 삼고 있다. 싸이월드에 '우정 10계명' 이라는 글과 이미지를 만들어 올려 꽤나 흥행시켰던 경험은 '리스티클(listicle, 리스트와 기사를 합친 말)' 콘텐츠를 기획할 때 좋은 밑거름이 된다.

내가 가지고 있는 여행과 사진이라는 취미도 마찬가지다. 아빠는 늘 필름 카메라로 나의 모습을 찍어 주었다. 사회 선생

님이었던 엄마는 방학이 되면 내년도 학습 자료를 위해 다양한 곳으로 여행을 다녔다. 여행을 떠나면 자료를 보는 건 엄마의 몫, 기록은 아빠의 몫이었다. 그러다 마지막엔 늘 두 분의 사진은 내가 찍어 드리곤 했다. "엄지야, 딱 여기에 서서 이 버튼만 누르면 돼."

두 분으로 인해 역마살이 낀, 사진을 좋아하는 내가 탄생했다. 덕분이다.

오랜만에 장롱을 뒤지다가 굴러다니고 있는 아빠의 낡은 필름 카메라를 찾았다. 굉장히 독특한 외관에다 인터넷으로 검색해도 나오지 않는 기종, 왠지 세상에서 이 물건을 나만 가지고 있을 것 같은 특별한 기분이다. 아빠가 대학생 때 여자친구를 꼬시기 위해 구입했다는데……. 과연 엄마는 몇 번째로 찍혔을까.

나는 다음날 오후 반차를 쓰기로 했다.

오전 반차는 아침 일찍부터 온갖 공공, 행정, 금융 업무를 해

치우고 오후엔 열심히 일하겠다는 의지의 표명이다. 반면 오후 반차는 오전에 모든 것을 끝내고 오후엔 신나게 즐기겠다는 선전포고다. 출근해서부터 엉덩이가 들썩거린다.

짧은 시간 부지런히 즐기리라. 아빠의 카메라에 필름을 넣고 셔터를 눌렀다. "철컹." 소리가 무겁다. 세월이 그만큼 흘렀다는 소리인 건가. 수리를 위해 남대문 시장으로 향했다. 수리를 맡기니 아저씨가 말한다.

"필름 카메라 만 원도 안 할 텐데, 하나 사요."
"아버지의 추억은 만 원으로 살 수 없어요."

그날 나는 남대문 시장을 걸으며 골목의 모습을 담았다. 평소에는 후다닥 먹었을 점심도 느긋하게 먹었다. 느릿느릿해지는 걸음이 몸이 무거워졌기 때문인지, 마음의 여유 때문인지 모르겠다.

철컹. 철컹.

투박한 이 셔터 소리가 너무 좋다.

일상에서 맞는 이 여유가 참 좋다.

이 기분을 만끽하는데 전화가 울린다.

회사다.

"화장실 갔니?"

"저 오후 반차인데요……."

#19

어떤 날은 시간이 빨리 갔으면 좋겠다가,
어떤 날은 천천히 갔으면 좋겠다가,
어떤 날은 시간을 되돌리고 싶다가.

네가 가라,
출장

미혼이라 좋은 점이 있다. 설과 추석 연휴에 혼자 휴가를 떠날 수 있는 자유가 주어진다는 점이다. 이번 추석만큼은 부모님 댁에 내려가 효도를 하려고 했는데, 클라이언트와 함께 하와이로 출장이 잡혔다. 급하게 잡힌 일정인지라 아무래도 팀원 중에서 막내이자 미혼인 내가 덕(?)을 본 것 같다.

평소에는 장거리 비행을 하면서 여행 책이나 읽으며 설렘을 느끼겠지만, 출장은 다르다. 어떤 콘텐츠를 만들지 촬영 동선은 어떻게 짜야 할지 고민으로 가득하다. "와인 한 잔 주세요." 자리 등을 켜니 콘티 그림이 있는 종이와 와인글라스에 빛이 집중된다. 촌년, 성공했네.

하와이 공항에 도착하니 모두가 웃고 있다. 신혼부부로 보이는 남녀는 하와이의 강렬한 햇빛에 피부는 벗겨졌어도 콩깍지는 벗겨지지 않았는지 사랑스러운 얼굴로 손을 꼭 잡고 있고, 가족 여행을 온 이들의 표정은 들떠 있다. 반면 내 몸과 마음은 온통 촬영용 짐과 짧은 시간 안에 클라이언트가 만족하는 결과물을 만들어야 한다는 부담감으로 가득했다.

첫날은 기미가 가득 생길 것 같은 쨍쨍한 날씨였는데, 이틀째부터 엄청난 비가 내리기 시작했다. 로케이션을 담당하는 현지 가이드도 하와이에 살면서 이런 날씨는 처음이라고 했다. 클라이언트의 표정에는 근심이 가득했다. 일단 찍고 나중에 포토샵으로 맑은 날씨를 합성해 볼까 생각해 보지만, 그조차도 불가능한 날씨다.

비는 내렸다 그쳤다를 반복했다. 내가 만약 신입이라면 이 상황에 감정을 쏟고 힘들어했겠지만, 이제는 무던히 넘길 수 있다. 폭우가 내려도 잘 마무리 할 수 있다고 마음을 다잡는다. 침착하자. 그 순간 강풍으로 야자수가 풍선 인형처럼 춤을 추기 시작했다. ……침착하자.

우리는 거북이를 볼 수 있어 터틀 비치로 불리는 라니아케아 해변으로 향했다. 도착하자마자 분주히 촬영 소품들을 세팅했다. 그다음엔 다들 한 마음으로 거북이가 나오길 기도했다. 하지만 비바람 때문인지 거북이의 등껍질조차 볼 수 없었다.

우선 점심을 먹으며 쉬어 가기로 했다. 음식은 왜 또 하나같이 짜기만 한지. 좋아하는 음식인 피자를 한 입 베어 먹고는 바로 뱉었다. 흐르는 땀이 음식에 닿아 짜게 느껴지는 게 아닐까 생각했다.

마지막 촬영지는 하나우마베이. 산호초가 해류와 거친 파도를 막아 주기 때문에 스노클링을 즐기기에는 최고의 장소다. 악천후를 뚫고 겨우겨우 마지막 촬영을 마친 나는 짧은 자유시간에 스노클링을 해 보기로 했다. 비장하게 입수했지만 코에 물이 들어가 5초 만에 포기. 전날 피곤한 몸을 이끌고 월마트까지 가서 장비를 왜 산 걸까…….

파란만장했던 하와이에서의 5일이 지났다. 마지막 날, 짐을 챙기는 데 무지개가 떴다. 야속하다, 정말. 떠나는 날에 날씨가 좋은 건 아쉬움을 남기고 가서 다시 찾아오라는 하와이의 인사일까. 지긋지긋한 마음과 아쉬운 마음이 한데 섞여 더욱 발길이 떨어지지 않았다.

공항에서 일정 중간에 가족들에게 받았던 문자가 메시지를 떠올렸다. '엄지는 해외라 좋겠네.' 나는 뒤늦게 속으로 대꾸했다. '전혀요. 저도 오기 전엔 몰랐어요. 출장은 여행이 아니라 출근이라는 걸.' 우리의 떠남이 아름다운 것은 몸이 아니라 마음이 떠나오기 때문이다.

#20

날씨가 좋았던 거야,

내 마음속에 네가 짙어져

세상이 예뻐 보이는 거야?

어쩌다
내일로 여행

첫 직장, 광고 회사에서 한국관광공사를 클라이언트로 맡고 있었던 때였다. 팀장님은 한번 기획한 콘텐츠는 어떻게든 추진하려 하는 분이셨다. 그런 팀장님 눈에 최근 출시된 직장인을 위한 내일로 여행 상품이 들어왔다. 팀장님은 직접 다녀와야 할 말이 생긴다며 출장을 지시했다.

문제는 직장인을 위한 내일로 상품의 나이 제한은 만 29세였고, 우리 팀에 20대는 나 하나였다는 것이다. 그 결과, 나는 내 의지와 상관없이 내일로 여행을 떠나게 됐다. 대학생 시절 내일로를 떠났을 때와는 다른 몹시 기분이었다. 어쨌거나 일은 일이었다.

"엄마, 나 주말에 내일로 다녀올게."

해경

"정신 차려 이년아, 네 나이에 무슨 청승맞게."
"출장이야."
"미안해. 잘 다녀와."

금요일 저녁, 퇴근을 하고 정동진행 기차를 탔다.

23:25 청량리 > 04:28 정동진

정동진에서 일출을 보고 여행을 시작하려는 계획은 시작부터 후회로 가득했다. '하. 퇴근하고 바로 오는 게 아니었어. 피곤해'라는 말을 되뇌었다. 열차는 이미 만석. 구석에 앉아 돗자리를 폈다. 이게 청춘이지 하고 스스로를 위안하며 맥주를 한 캔 땄다. 뒤에 앉아 있는 사람에게 말을 걸었다. 그 역시 내일로 여행 중이었다. 몇 마디 나누다가 나는 그에게 물었다.

"근데 왜 밤 기차를 타고 가요?"
"사실 도서관에서 토익 공부하다가 나왔어요."

나는 말없이 맥주 한 캔을 건넸다. 우린 그렇게 기차에서 지나가는 불빛을 보다가 선잠에 들었다가를 반복하며 정동진에 도착했다. 헤어지기 전, 내일로 여행이 두 번째라는 그는 내일로 팁을 전수해 주었다.

"기차 예매는 가운데 칸부터 시작되기 때문에 최대한 양쪽 끝 칸을 타면 자리에 앉아서 갈 수 있어요."

내일로는 저렴한 가격에 정해진 기간 동안 무제한으로 기차를 타고 전국 어디든 갈 수 있어 젊은 사람들 사이에 인기가 많다. 하지만 내 생각에 내일로 여행의 진짜 매력은 나이 제한으로 인해 '청춘의 특권'이라는 느낌을 준다는 데 있다. 직장인 내일로 상품의 등장으로 덩달아 나의 청춘이 연장된 기분이 들었다. 일정상 수많은 역을 지나면서도 잘 알려진 관광지만 갈 수밖에 없는 것은 아쉬움으로 남았다.

정동진을 시작으로 안동, 경주, 부산, 전주 등을 돌면서 내일로 여행을 하고 있는 다양한 친구들을 만났다. 나는 자연스럽게 말을 붙이고 조금 친해지면 "내일로 여행을 왜 하는 거예요?"라는 질문을 건네길 반복했다. 다들 저마다의 이유와 함께 진솔한 이야기들을 많이 들려주어 정말 고마웠다.

'하고 싶은 게 없어서 고민이에요.' '하고 싶은 게 있지만 용기가 없어요.' '그냥 취업 자체가 가장 걱정이에요' '지금 할 수 있는 것들에 충실하면서 즐겨 보려고요. 젊잖아요.' '몰디브는 못 가도 장호항에 가서 스트레스를 날릴 거예요.' '회사에서 내일로도 보내 줘요?'

처음엔 출장을 보낸 팀장님이 원망스럽기도 했지만 기차에서 만난 이들과 대화에서 나는 많은 것을 느꼈다. 어쩌다 떠난 내일로 여행에서 나는 나의 어제를 돌아보고 내일을 생각했다. 그렇게 나는 일상으로 돌아갈 에너지를 가득 채워 내일로에서 오늘로 돌아왔다.

초원에서
살아남기
참고서
교과

ANY AMOUNT OF BOOKS
56

자발적
외로움

사회생활을 하다 보면 일보다 사람에게 받는 스트레스가 더 클 때가 있다. 심지어는 점심시간도 업무의 연속이다. "오늘 점심 냉면 어때?"라고 부장님이 말하는 순간, '음식은 사랑하는 사람과 맛있게'라는 내 원칙이 흔들린다. 내가 냉면을 싫어한다는 사실은 뉴욕에 사는 잭슨(SNS 친구)도 안다. 우주 최강 초딩 입맛인 내게 아재 메뉴를 권할 때마다 '남자 친구였으면 진즉 헤어졌을 텐데……'라고 생각 한다.

손원평 작가의 소설 『서른의 반격』(은행나무, 2017)에는 내 마음을 대변하는 구절이 등장한다.

정진 씨를 만들어 낸 건, 이 답답한 도시 생활에서 하나의 숨통을 마련하기 위해서였을 뿐이다. 언제나 같은 사람들과 밥

을 먹는다는 건 정말이지 숨 막히는 일이다. 매일 점심때마다, 뭐 먹을래, 아무거나요, 오늘은 돈가스 어때, 좋아요, 메뉴는 짜장면으로 통일할까, 그러죠, 따위의 대화를 나누는 것. 나서서 냅킨을 깔고 숟가락, 젓가락을 놓고 도맡아 물을 따르는 것. 다들 그런다고 생각하면 어렵진 않지만 그래도, 그래도 가끔은 도피처가 필요했다.

이따금 나 역시도 정진 씨를 만나러 간다고 하고 점심 식사 자리를 피하기도 한다. 사교적이지도 않고 낯가림이 심한 나에겐 점심시간은 싫어도 억지로 먹는, 필요하지 않은 말을 하느라 에너지가 소모되는 시간이다. 그러니 가끔은 정진 씨라도 팔아서 혼자가 되는 것이다.

혼자여도 전혀 이상하지 않고, 오히려 자발적 외로움을 만끽할 수 있는 최적의 도시는 런던이다. 지금껏 여행을 하며 런던은 레이오버 정도로만 스쳐 지나갔는데, 이번에는 24시간을 보낼 수 있는 기회가 생겼다. 대학생이었던 나는 직장인이 되면 유럽 여행에서 센트럴 주변으로 호텔을 잡고 밤에는 야경을 즐길 줄 알았다. 하지만 현실은 한인 민박이다.

민박집에는 배낭여행을 온 이십 대 초반 대학생들로 가득했다. 회사에서 막내인 나는 이곳에선 왕고였다. 민박집 1층에는 큰 거실이 있었다. 시차 적응을 하지 못한 사람들이 새벽에 멍 때리고 있는 공간이기도 했다. 새벽에 거실에 나오니 누군가 말을 걸었다. 직장 다니다가 휴가로 왔다고 소개하니 상대방은 취업이 걱정이라고 한다. "더 즐기세요, 즐길 시간은 지금 뿐이에요"라는 꼰대스러운 말을 하고 싶었지만, 누구든 눈앞에 있는 자신의 걱정이 가장 크게 보이는 법이니 말을 아꼈다.

비가 왔다가, 맑아졌다가 변덕스러운 날씨의 연속이다. 이런 변덕스러움에도 불구하고 사람들이 유난히 이 도시를 좋아하는 이유가 무엇일지 궁금했다. 나에겐 '런던에 가면 해야 할 BEST' 따위는 필요 없었다. 혼자 있는 시간 동안 내가 런던을 좋아할 이유를 찾고 싶었다.

여행을 하다 보면 기대했던 곳이 별로일 수 있고, 오히려 예정에도 없던 곳이 너무 좋을 수도 있다. 피카딜리 서커스가 그랬다. 수많은 사람들이 균형감 있는 런던 건축물과 사거리

8 Clapham Common

를 지나다니는 풍경과, 그 사이로 들어오는 빛과 그 빛이 만들어 낸 그림자가 좋았다. 시간이 천천히 흘렀으면 좋겠다고 생각하며 멍하니 그 자리에 서 있었다.

24시간이 너무 짧다고 느끼며 테이트모던 옥상에서 일몰과 함께 멍을 때리기 위해 서둘렀다. 처음 마주한 런던의 일몰은 그 자체로 위로였다. 주어진 시간이 짧아 핸드폰을 볼 겨를이 없기도 했지만 그 순간만큼은 혼자 여행하는 헛헛한 마음을 SNS의 '좋아요'로 달래거나 채우려고 하지 않아도 됐다.

공항으로 가는 기차 값을 아끼기 위해 버스를 탔다. 잘못된 판단이었다. 런던 시내를 벗어나는데 굉장한 시간을 소요했다. 허겁지겁 도착한 공항에서 체크인을 하려는데 보안 검색에 걸리고 말았다. 손짓 발짓으로 항의하지만 이미 게이트는 닫혔다. 더 이상 따졌다간 덩치 큰 경찰들이 양쪽으로 나를 질질 끌고 갈 것 같아 순순히 심사에 응하고 다음 비행기 표를 예약했다. 20만원이라는 거금이 순식간에 빠져나갔다. 평소 커피, 밥값은 아무렇지 않게 생각하면서 왜 그랬을까. 또 이렇게 카드 값을 할부로 결제하고, 직장인의 시간을 연장해

본다. 런던에서 좋았던 달콤한 외로움의 시간은 공항에서의 단 두 시간 만에 산산조각 났다. 얼른 이 도시를 빠져나가고 싶어 현기증이 났다.

#21

이제야 웃으며 말하지만,
그때 널 향한 마음은 진심이었어.

여정이
보상이다

누군가 가장 가고 싶은 곳이 어디냐고 물으면 나는 한결같이 “사랑하는 사람이랑 파리에 가고 싶어요!”라고 대답했다. 고철 덩어리인 에펠탑이 왜 그리도 낭만적으로 보였는지. 파리라는 도시는 나에게 낭만 그 자체인 도시였다. 어느덧 나이 서른이 되자 친구들이 “이제 그만 파리에 다녀와, 그러다 노인정에서 단체 여행으로 가 보겠다”며 놀리기 시작했다. 그래…… 다리가 떨리기 전에 혼자라도 다녀오자!

인생이 생각처럼 흘러가면 얼마나 좋을까. 하지만 그렇지 않다는 걸 잘 안다. 기대했던 일은 실망을 안겨 주고, 생각지도 못했던 것에 푹 빠지기도 한단 걸. 러시아의 모스크바와 상트페테르부르크는 내게 그런 도시였다. 파리를 가려니 직항은 너무 비쌌다. 직장인에게 시간은 금이라 할부로 티켓을 끊을

1-1 9

까 고민했지만 나는 결국 러시아를 경유하는 저렴한 방법을 택했다. 그때까지만 해도 내게 러시아는 단지 경유지였다.

모스크바의 첫 느낌은 '낯섦'이었다. 낯선 언어와 글자, 키 큰 사람들. 내 안의 잊었던 호기심이 차오르는 것이 느껴졌다. 소련식 음식을 소개받을 때에는 '소련'이라는 단어에서 과거와 현재가 이어지는 묘한 감각을 느꼈다.

말로만 듣던 '백야 현상'도 그곳에서 처음 실제로 느껴 보았다. 처음에는 2차까지 맥주를 마셔도 대낮처럼 밝은 시간이라 그저 좋았다. 하지만 차츰 시간이 지나면서 호텔의 두꺼운 암막 커튼의 무게, 백야를 보며 멍 때리는 사람들의 무표정에서 느껴지는 약간의 울적함이 느껴지기도 했다.

모스크바의 명동이라는 불리는 아르바트 거리를 걷다가 카페에서 쉴 때였다. '신입사원 공채 지원생 100명 중 3명 합격'이라는 뉴스가 눈에 띄었다. 개구리 올챙이 적 생각 못 한다고 '힘들게 취업했는데 왜 지금이 더 힘들지?' 하는 생각이 들었다. 바늘구멍 같은 치열한 문을 뚫고 들어온 우리들은 사원

증을 올림픽 메달같이 여기며 목에 건다. 비로소 사회의 일부가 되었다는 것에 뿌듯함을 느끼고, 남들과 같이 직장인이 되었다는 사실에 감격한다. 하지만 한 달, 두 달이 지나고 쉼 없이 달리다 보면 어느 순간 공허감이 밀려온다. 앞만 보고 달려왔는데 지금 내가 어디쯤 온 것인지 알기 어려워진다. 일상이 무뎌지는 순간이 찾아오는 것이다.

나는 내게 필요한 원동력이 뭘까를 고민했다. 그런데 문제는 내가 정작 무엇을 하고 싶은지, 심지어 어떻게 쉬는지도 모른다는 사실이었다. 대학을 위해 수능을 준비했고, 학비를 위해 아르바이트를 했고, 취업을 위해 스펙을 쌓기에 바빴으니까. 잠깐의 휴식도 죄를 짓는 것 같았다. 고민 끝에 월급의 10%를 나를 위해 쓰기로 했다. 어느 책에서 본, 나에게 선물을 할 때 진짜 어른이 된다는 그 말을 한번 믿어 보기로 했다. 또 스스로에게 '잘 쉬는 시간'을 선물로 주기 시작했다. 여행을 떠나는 것이었다. 여행을 다닐 때만큼은 나에게 집중하면서 스스로와 대화할 수 있었다. 이 시간은 내 자신을 조금 더 단단하게 만들어 주었다.

에펠탑, 너무 오고싶었어요!
Tour Eiffel.
Je voulais
venir !

그래서 파리는 어땠냐고?

오랜 여정 끝에 도착한 파리는 앞이 보이지 않을 정도로 비가 쏟아지고 있었다. 비가 내리고 그치기를 반복해서 그런지 내 어깨도 축축 쳐지기 시작했다. "그래도 파리잖아"라며 스스로를 얼마나 다독였을까. 파리를 여행하는 기간 동안 해를 본 건 20분도 채 되지 않았다. 벼르고 별렀던 파리 여행은 무척 특별할 것 같았지만, 여느 가이드북의 일정과 별 다를 것 없었다.

그리고 마지막 날, 나는 그토록 꿈꾸던 반짝거리는 에펠탑 야경을 보며 눈물을 흘렸다. 이 눈물은 감격의 눈물인가, 서러움의 눈물인가. 그 여행의 보상은 마지막 날 에펠탑이 아니라 여정 속에 있었던 것 같다.

#22

사진을 인화해서 선물한다는 건,
그 시간이 너무 소중했기 때문에
한 번 더 나누고 싶은 거라 생각해.

E20

여행자가
노숙자가 될 때

누구에게나 좋아하는 공간이 하나씩 있기 마련이다. 독립 서적이 가득한 책방, 사람 냄새 나는 시장, 다른 사람 신경 쓸 필요 없는 아늑한 나만의 카페 등. 나의 경우는 공항이다.

공항에 도착하기까지 과정은 험난하다. 대학생 때는 어렵게 아르바이트를 해서 고이 모은 돈으로 티켓을 사곤 했다. 직장인이 되니 돈은 있지만 상사의 눈치를 보며 휴가를 쓰는 것이 여간 어려운 일이 아니다. 우여곡절 끝에 도착한 인천 공항 지하의 맥도날드에서 먹는 맥모닝은 그야말로 꿀맛이다.

새벽 비행기를 위해 공항에 일찍 도착했던 날이었다. 최갑수 작가님의 『밤의 공항에서』를 읽으며 공항의 밤을 느끼고 싶었다. 하지만 공항에 도착한 지 5분 만에 후회했다. 잠이 밀려

온다. 조금 자고 새벽 2시에 집에서 나오는 것보다 차라리 공항에서 기다리는 게 좋겠다고 판단했는데, 착각이었다.

'인천공항 노숙'을 검색했다. 역시 한국인들의 정보력은 전 세계 최고다. 이미 수많은 공항 노숙 경험자들의 글이 주르륵 펼쳐진다. 공항 지하에 있는 찜질방은 이미 만원이고 대기 줄까지 늘어져 있다. 도착장B 옆에 있는 카페에는 콘센트도 있고, 와이파이도 있어서 명당이라는 정보를 얻었다. 나는 와이파이와 콘센트를 찾는 하이에나가 된 기분으로 카페로 향했으나 역시나 만석이다.

2층 공항 가운데에 위치한 카페는 불은 다 꺼져 있지만 콘센트는 이용할 수 있다고 한다. 가보니 어두컴컴한 공간에 야간 근무를 하는 두 명의 직원이 애정 싸움을 하고 있었다. 그 사이 멀리 보이는 카페에 자리가 났다. 나는 전속력으로 달렸다. 4시간 동안 버틸 수 있는 와이파이와 콘센트를 제공해 줄 마지막 자리기 때문이다. 새벽의 공항은 이토록 치열하다.

처음 공항에 왔을 때가 생각났다. 혹여나 여권을 잃어버리지 않을까 손에 꼭 쥐고 있었고, 공항 이곳저곳에서 인증샷도 열심히 찍었다. 면세점 구경을 하는 것도 잊지 않았다. 지금은 절대 하지 않는 행동이지만 생각해 보면 다 추억이다.

요새는 코로나19로 인해 인천공항이 초토화라고 한다. 상상도 못 했던 일이 벌어진 것이다. 공항도 나도 예전처럼 돌아갈 수 있을까? 나를 늘 설레게 했던 장소가 아득하게만 느껴진다. 평소 아무렇지 않게 느꼈던 일상적인 것들에 소중함을 느끼는 요즘이다.

도착
주차장
P

혼자서도 잘해요,
INTJ

어렸을 때 나는 혈액형을 따지면서 타인과 선을 긋거나, 별자리를 보며 친구의 성격을 단정 짓곤 했다. 요새는 성격 유형을 검사하는 MBTI가 유행이란다. 나는 내 유형을 찾고 나에게 맞는 선배 유형, 연애 유형 등을 검색해 본다. 그걸 가지고 "너랑은 천생연분이야" "어쩐지 너랑 뭘 해도 안 맞더라" 하며 친구들과 장난을 친다.

처음에는 세상에 살고 있는 수많은 사람을 열여섯 가지 유형으로 나눈다는 발상 자체가 의심스러웠다. 혈액형이 사람을 단 네 가지로 구분할 때는 수긍했던 나지만 오히려 선택지가 충분히 많아지니까 '그걸 일일이 어떻게 맞춰' 하는 생각이 들었다. 그러나 내 유형인 INTJ에 대한 설명 중 '혼자 여행을 잘하는 타입'이라는 한 문장을 보는 순간 모든 문장이 맞는 말

같아 보인다.

실제로도 내 여행의 대부분은 혼자였다. 여행지와 일정이 겹치는 친구들과 만나 하루 정도를 같이 보내거나 밥 한 끼 먹고 헤어지는 정도였다.

여자 혼자 여행을 다니면 낯선 사람을 경계하게 된다. 여행 중에 멋진 풍경을 배경으로 내 사진 한 장 찍고 싶어도 지나가는 사람에게 부탁했다가 카메라를 훔쳐 갈까 봐 혼자 삼각대를 놓고 찍었다.

아이러니하게도 낯선 사람과의 낯선 대화는 여행의 가장 큰 묘미고 늘 기대하게 되는 사건이다. 내가 먼저 말을 걸 때도 꽤 많았다. 써 놓고 보니 이게 잘하는 게 맞나 싶다.

생각해 보면 뭔가를 잘한다는 것이 능숙하다는 의미일 필요는 없다. 그냥 버릇처럼 자주해도 잘하는 것이다. 웃기를 잘하고 외출을 잘하는 것처럼. 일도 인생도 그렇게 생각하고 싶다.

#23

저녁을 먹으러 들어간 호프집 텔레비전에서
영화 <그 시절 우리가 좋아했던 소녀>가 흘러나온다.
성인이 된 두 주인공이 다시 만나 고등학교 시절을 이야기한다.
"너 왜 그때 나랑 안 사귀었어? 난 너 좋아했는데."
남자의 물음에 여자는 사랑은 알 듯 말 듯한 순간이 가장 아름다우니까,
그래서 오래도록 자신을 좋아하게 두고 싶었다고 답한다.
애틋하고 달달한 장면에 푹 빠진 나를 뒤로하고
너는 시큰둥하게 말한다. "치킨이나 시키자."
네가 우리도 그런 시절이 있었지, 하고 웃으며
말해 주길 바랐던 속마음을 숨긴 채 나는 이렇게 말한다.
"감자튀김도 시켜도 돼?"

SNS에서는
좋아 보이죠

여행을 하다 하다 SNS를 통해 처음 만난 사람들과 시애틀로 떠난 적이 있다. 만추의 날씨가 퍽 어울리는 낭만적인 도시였다.

우리는 공항에 내리자마자 스타벅스로 향했다. 회사 점심시간에 식후 땡으로 마시는 커피가 생존력을 높여 준다면, 스타벅스의 본고장 시애틀에서 마시는 스타벅스 커피는 SNS의 화력을 높이기 위한 휘발유 같은 거였다.

시차 적응을 못했다는 핑계를 대며 같이 여행하는 사람들과 이야기를 하기보다는 열심히 사진을 찍었다. 지금 생각해 보면 직장 생활을 하면서 여러 사람들에게 이리 치이고 저리 치여 혼자가 절실하던 때가 아니었나 싶다.

그렇게 나는 SNS에 구속된 여행을 하고 돌아왔다. 시애틀의 잠 못 이루는 밤은 로맨틱함 때문이 아니라 밤새 SNS에 달리는 하트를 지켜봤기 때문이었다.
"아름다운 것은 관심을 바라지 않아."

내가 좋아하는 영화의 한 장면에서 나오는 대사다.

오래도록 기다렸던 순간,
그는 사진을 찍지 않고,
오직 눈으로만 그 모습을 담는다.

때로는 사진보다
마음에 새기고 싶은 순간이 있다.

먼 훗날,
남겨진 사진 한 장보다
그 기억의 잔상을
더 선명하게 그려 볼 수 있도록.

제주도 여름은
호시절

더워도 여름이 좋아.

세상이 초록초록하고,

까맣게 탄 피부가 예뻐 보이고,

내 옆에 네가 있으니까.

어떤 계절에 생각나는 사람이 있다.

봄처럼 이유 없이 배시시 웃음이 나거나

여름처럼 뜨겁거나

가을처럼 쓸쓸하거나

겨울 첫눈처럼 설레거나.

나는 네게 어떤 계절로 기억 됐을까.

난 여전히 제주도 여름이면 네가 생각 나.

#24

1년 중 ⅓ 맑고, ⅓ 흐리고, ⅓은 비가 온다는 제주도.
지내보니 정말 그렇다. 일하다가도
날씨가 좋으면 사진을 찍어야 하고,
퇴근 후 일몰을 보러 가야 하는 이유기도 하다.
일기 예보를 믿지 않는 이유도 추가.
⅓의 날씨 좋은 날을 기다리며.

오늘을
버티다

'독일 여행 일정 중 일요일에는 베를린에 머물러야 한다'는 말이 있다. 마우어파크에서 열리는 플리 마켓 때문이다. 과거 베를린 장벽 주변 지대를 공원으로 조성한 마우어파크에서 매주 일요일 정확히 8시간 동안 플리 마켓이 열린다. 베를린 최대 벼룩시장으로 현지인과 관광객으로 인산인해를 이룬다.

플리 마켓은 자신이 입던 옷을 팔거나 중고 옷을 사려는 젊은 이들로 북적였다. 옛날 책과 필름 카메라, 인화된 사진 등 누군가에는 쓸모없는 예쁜 쓰레기지만 내 눈에는 멋스러운 빈티지 소품들이다. 밀레니얼 세대에 속하는 여행자들이 낡은 물건이 쌓여 있는 중고 시장이나 주인장 취향대로 꾸며진 빈티지 편집 숍에 몰리고 있다고 한다.

정신을 홀라당 빼앗는 플리 마켓을 겨우 지나친 친구와 나는 여유로움을 되찾기 위해 마우어파크 언덕으로 향했다. 미리 챙긴 돗자리를 언덕에 펼치고 맥주를 마셨다. 알아듣지 못하는 버스커들의 노래로 귀가 즐겁다. "이렇게 여유로운 게 얼마만이야." 풀밭에 앉으면 쯔쯔가무시가 걱정된다는 친구도 내리쬐는 볕과 시원한 맥주에 모든 걱정을 놓은 듯했다.

하지만 베를린 여행 중 가장 인상적이었던 장면은 플리 마켓도, 공원의 여유로움도 아니었다. 그건 바로 베를린 중심가에 위치한 유대인 학살 추모 공원이었다.

이 장소는 제2차 세계대전 당시 홀로코스트에서 희생된 유대인들을 추모하기 위해 조성된 공원이다. 우리는 독일의 역사에 대해 이야기를 나누며, 더 알지 못하는 것에 부끄러움을 느끼며 공원을 걸었다. 공원 곳곳에서 온기가 느껴졌다. 나는 앞으로 살아갈 시간이 얼마나 남았을지 가늠해 봤다.

태어난 것과 죽는 것은 삶에 단 한 번 뿐인 경험이다. 힘들게 아등바등 살아가는 사람들과 전생에 나라를 구했나 싶을 정

도로 여유롭게 살아가는 사람들……. 우리는 저마다 다른 모습으로 살고 있다. 우리에게 얼마만큼의 시간이 주어졌는지 알지 못한 채 오늘 하루를 그저 살아갈 뿐이다. 어쩌면 현재를 버티게 해 주는 건 알 수 없는 미래 때문이 아닐까. 더도 덜도 말고 오늘처럼만, 소소하고도 묵묵하게 내 앞에 주어진 하루를 살아가야겠다.

울고
싶을 땐

비행기 옆 자리에 앉은 사람과 여행지 카페에서 다시 마주치거나, 기차에서 도움을 받고 헤어졌는데 민박집에서 다시 만나게 되는 사건. 여행을 떠나는 많은 사람들은 이런 우연에서 비롯된 로맨스를 은근히 꿈꾸는 것 같다. 그러나 나는 그렇게 여행을 다녔지만 이런 로맨스 따위는 기대하지 않는다.

이런 내게 엄마는 가끔 사진을 보여 주면서 선을 보라고 말한다.

"한번 만나 봐. 사람 참 괜찮은 것 같아."
"그렇게 좋으면 엄마가 만나."

이어지는 엄마의 신랄한 욕 세례. 귀에 착착 감긴다.

Mairie du Xeme
72, Rue du Fg St Martin
Bureau de Poste
20, Bd de Bonne Nouvelle
Marché de
la Porte St Martin
Conservtoire Municipal
de Musique

연애와 결혼. 나는 이 두 가지가 어렵고 막연하게 느껴진다. 대학을 졸업하고, 취직을 하고, 어느덧 30대 초반이 되면서 결혼에 대해 생각해 보기도 했다. 그러나 여전히 나와는 상관없는 이야기 같았다.

뉴스에서는 결혼이 점점 늦어지거나 아예 하지 않는 젊은 세대의 세태에 대해 반복해서 말한다. 그것은 사실이다. 하지만 매주 결혼식장의 스케줄은 꽉 차 있고 내게도 주기적으로 청첩장이 날아든다. 한편으로 사실이 아니기도 한 것이다. 때로 평균과 개인은 이토록 무관하다.

나는 아직 결혼이라는 제도 속으로 들어갈 준비가 안 되었다고 느낀다. 사실 결혼할 생각이 없기 이전에 상처 받을까 봐 아예 시작을 안 한다.

분명 외로운데…….

결혼은커녕 새로운 사람을 마음에 들이고 관계를 시작하는 것조차 겁내하면서 외로움을 느낀다니. 인간은 참 모순된 존재다.

내 여행이 외로운 건 여행지 로맨스에 대한 기대는 고사하고 환상조차 없기 때문이 아닐까? 사랑을 하면, 하다못해 원하기라도 하면 조금 덜 외로울까? 그런 생각이 꼬리를 문다.

사랑하는 사람과 오고 싶었지만 결국 홀로 도착한 파리. 파리에 머무는 삼일 내내 나의 외로움을 닮은 비가 따라다녔다.

"몽마르트르 언덕은 위험해. 누가 다가와서 팔찌를 채우려고 하면 얼른 도망 가."

내가 파리에 간다니 누군가 내게 했던 충고가 떠올랐다.

온라인 카페에서 '몽마르트르 동행 구함'이라는 글을 보았지만, 타인과 여행하기는 귀찮기에 결국 혼자 몽마르트르 언덕을 오르기로 했다.

하지만 막상 언덕에 올라 보니 안개가 자욱해 파리 시내가 보이지 않았다. 서러워지려는 순간, 어디선가 에드 시런의 <Thinking Out Loud> 노래가 들려왔다. 길거리 버스커의 노래였다. 예상치 못한 공간에서 좋아하는 노래가 흘러나왔고, 갑자기 눈물이 나왔다. 그래, 울고 싶을 땐 울어야지. 누군가 나에게 '여기까지 오느라 고생했다'고 말해 주는 것 같았다. 그 순간만큼은 외롭지 않았다.

그날 그 버스커는 내가 몽마르트르 언덕에 머무르는 두 시간 내내 <Thinking Out Loud>만 불렀다. 이유는 모르겠다.

#25

대단한 용기도, 꿈도 아니었다.

무던하고 덤덤하게, 여기까지 왔다.

말 그대로의
지구 반대편

SNS에 '5년 전 오늘'이라는 알람이 떴다. 여행 중 하나하나 꼼꼼하게 기록해 놓은 걸 보니 나도 참 어지간한 관종인가 싶다. 괜스레 부끄럽고 오글거려 기록했던 글들을 하나둘 지우기 시작했다. 그러다 문득 대학 시절의 여행기가 남아 있는 싸이월드가 떠올랐다. 오랜만에 접속해 볼까.

30대라면 공감할 것이다. 우리들에게 싸이월드는 젊은 시절의 일기장이자 사진 앨범이었다는 걸. 포도알 스티커(다이어리를 쓰면 한 개씩 적립됐다) 때문에 썼던 일기지만, 덕분에 풋풋했던 시절의 일상과 고민의 흔적들이 고스란히 담겨 있다. 싸이월드는 우리들의 젊은 날의 초상인 셈이다.

Today.
쿠스코에서 쏟아지는 별을 보며 인생이란 무엇일까, 나는 앞으로 무얼 하며 살아갈까 고민한다.

풉. 24살에 인생이 뭐고 앞으로 어떻게 될지 어떻게 안다고. 대학생 시절, 한 달간 유럽 배낭여행을 떠나는 친구들을 보면 그저 부러웠다. 나는 당장 다음 학기 학비를 위해 아르바이트를 해야 했기 때문이다. 그러다 우연한 기회로 모 회사 장학생으로 선발돼 남미에 다녀올 기회가 생겼다. 초등학교 2학년, 그림 일기장에 마추픽추에 가고 싶다고 그렸던 그 소원이 이뤄지는 순간이었다. 그렇게 난 무려 30시간의 비행을 거쳐 지구 반대편으로 날아갔다.

페루 마추픽추를 처음 보았을 때의 감격스러움, 그 감동이 가시기도 전에 나는 볼리비아로 가는 버스 안에서 외장하드를 도난당했다. 그때까지의 남미 여행 사진이 모두 들어 있는 외장하드였다. 볼리비아 호텔에 도착했을 때 그 사실을 알게 됐고, 그 길로 버스 회사로 뛰어갔다. 나는 어설픈 영어와 더 어설픈 스페인어로 따지기 시작했다. 사실 조심하지 않은 내 잘

SEND YOUR Photo to ELPINTURISTA@GMAIL.com

못이었지만…….

다행히도 가장 좋았던 몇몇 도시의 사진은 카메라에 남아 있었다. 마추픽추를 가기 위해 들렀던 쿠스코라는 도시가 그중 하나였다. 쿠스코 광장에서도 스타벅스를 볼 수 있다는 사실이 그저 신기했고, 치안이 좋지 않다는 걱정에 친구와 줄줄이 소시지처럼 붙여 다녔더랬다. 여행 내내 시차적응을 하지 못해 잠을 이루지 못한 밤이면 호스텔 옥상에 올라갔다. 옥상에서 본 쿠스코의 도심은 마치 하늘의 별이 도시에 내려온 듯한 착각이 들게 했다.

당시 남미 여행은 한국과의 철저한 단절을 의미했다. 네트워크 환경이 지금 같지 않았다. 나는 분명 떠나기 전, 다음 학기의 학비를 걱정하고 있었는데 남미에서는 생각이 나지 않았다. 지금은 지구 반대편에서도 와이파이만 연결하면 언제든 연락이 가능하다. 어쩌면 지금이 수백 년간 미스터리로 남아 있는 마추픽추보다 더 놀라운 세상이지 않을까.

#26

지나 보면 별거 아닌 감정과 관계들.
왜 그렇게 집착했는지 모르겠어.
지금 생각하면 바보 같지만
아마 돌아가도 난 다시 그렇게 하겠지.

타지에서 일하기

단체 채팅방에 알림이 울렸다. 싱가포르에서 해외 파견 근무를 하고 있는 친구의 메시지였다. 언제나처럼 일이 힘들다는 얘기였다. 우리는 '그래도 해외에서 언제 또 일해 보겠냐'며 '한번 갈게'라고 의례적인 말을 덧붙였다. 항상 그렇게 말하지만 그 '한번'이 쉽지 않음을 너무 잘 안다. '말로만!'라는 친구의 말에 오기가 발동했다.

몇 년 만에 만났는데 "반갑다"는 말보다 "배고파"라는 말이 먼저 나왔다. 친구는 반가움보다 배고픔이 우선인 나를 타박하지 않고 "싱가포르하면 카야 토스트지"라며 현지인 맛 집으로 데려 갔다.

나는 세세하게 계획하는 평소의 여행 습관을 내려 놨다. 싱가

포르에 어떤 여행지가 있는지, 무엇이 맛있는지 검색 없이 친구를 따라다니며 편하게 보냈다. 아침 조깅을 하고 시장에서 장을 보며 현지인의 생활을 경험했다.

우리는 야간 레이저쇼를 보기 위해 마리나베이 샌즈로 향했다. 많은 사람이 몰려들었다. 화려한 레이저쇼에 내 눈은 동그래졌지만, 방금 퇴근한 친구의 눈은 피곤함으로 가득하기만 하다. 나는 여행이지만 친구는 일상인 것이다.

제주도에서 근무하고 생활도 하는 요즘, 문득문득 싱가포르에서 보낸 시간들과 그 친구가 생각난다. 제주도에 사는 내게 친구들은 말한다.

"제주도에 살아서 좋겠네."
"그럼 너도 좋은 데서 살아 볼래?"

싱가포르에 살고 있는 친구는 얼마나 많이 이런 말을 들었을까. 놀러 오거나 여유를 부리기 위해 온 게 아니라 일하러 왔는데도 말이다. 나 역시도 제주살이에 대한 물음에 "응, 좋아"

라고 답하기까지는 시간이 걸릴 것 같다.

지금 내가 듣고 싶고 위로도 되는 말은 "제주도 살아서 좋겠다"가 아닌, "타지에서 고생이 많네"라는 말이다. 이제야 타지에서 고생한다는 내 말에 울던 친구의 마음이 이해가 갔다.

혼자만의 시간이 좋다.

자잘하고 소박한 것들로
마음껏 행복해 할 수 있는
혼자만의 시간이 좋다.

혼자 누릴 수 있는 자유,
그 여유가 좋다.

서로가 소진되는 관계는 잠시 내려놓고
오로지 나에게 집중할 수 있는
혼자만의 시간이 좋다.

타인에 신경 쓰느라
오히려 나에겐 무심했던,
그 때의 나를 위로해 본다.

혼자가 주는 시간의 위로는
나를 성장시킨다.

#27

제주도 가을은 그야말로 사랑하기 딱 좋은 날씨다.
너를 데리러 가는 길 흘러나오는 노래에
피식피식 웃으며 따라 부르고, 어깨를 들썩거려.
창문을 내려 바람을 맞아 본다.

오늘은 어떤 이야기를 할까,

설렌다. 미쳤다.
좋아하나 보다.

나의 뒷모습

사람들의 행동을 유심히 관찰하는 편은 아니지만 자꾸 눈이 가는 모습이 있다. 연인들이 지하철에서 헤어지는 순간, 문이 닫히고 바로 뒤에 이어지는 그들의 행동이다.

방금 헤어진 것조차 아쉬워 바로 전화를 거는 남자, 문이 닫히는 순간 무표정으로 변하는 여자, 방금 데이트가 끝났다며 친구들과 술 약속을 잡는 남자, 친구에게 전화를 걸어 오늘 있었던 시시콜콜한 일들을 말하는 여자, 아무 일도 없었다는 듯 이어폰을 끼는 남자 등등.

달달했던 순간 뒤에 찾아오는 뒷모습들이다. 나의 뒷모습은 어떤 모습이었을까.

포르투에는 1869년에 세워져 오랜 역사를 자랑하는 '렐루 서점'이 있다. 건물 자체가 아름다운 예술 작품이다. 이미 오래 전부터 '세계에서 가장 아름다운 10대 서점' 중 하나로 꼽히고 있기도 하다. 『해리포터』에 나오는 호그와트 마법 학교의 모티브로 알려진 렐루 서점은 해리포터 팬들로 늘 북적인다.

그날 서점에서는 하나의 주제에 대해 2시간 정도 이야기를 나누는 소설 모임이 열렸다. 이날의 주제는 자화상이었다. 다소 가라앉은 분위기에서 우리는 자화상을 그렸고, 마지막으로 남기고 싶은 메시지를 적었다.

수많은 사람들의 그림 중 인상 깊었던 건 나이 지긋한 어느 아버님의 그림이었다. 그의 자화상은 특이하게도 뒷모습이었다. 아버님은 남들이 볼 수 있지만 자신은 볼 수 없는 모습이기에 뒷모습을 그렸다고 덤덤하게 말하셨다. 소셜 모임에 참여한 우리는 그 이야기를 듣고 잠잠해졌다.
그날 내가 그렸던 자화상은 사진기를 들고 있는 모습이었다. 어쩌면 사진으로 사람들의 뒷모습을 기억해 주는 것이 나에게 가장 잘 어울리는 모습일 수도 있겠다고 생각했다.

모임이 끝나고 포르투 도우너 강을 따라 걸었다. 평소와는 다르게 강 주변에 앉아 있는 뒷모습들이 한 폭의 유화처럼 다가왔다.

#28

고래를 만난 기분이었어.

다신 패키지여행
안 한다고 하고선

여행 계획을 세우길 좋아하는 나조차도 모든 게 귀찮아질 만큼 삶이 팍팍하던 때가 있었다. 여행 앞에서 게으름을 피우지 않는 나였지만, 당시엔 손가락 하나 까딱할 힘도 없었다. 그렇게 귀찮음을 핑계로 패키지여행을 결심했다.

나는 휴가지로 당시 핫하게 떠오르던 다낭을 택했다. 밤 비행기로 도착한 다낭 국제공항은 여행객들로 인산인해를 이루고 있었고 흡사 헬게이트가 열린 듯했다. 주말마다 이 공항을 통해서 2만여 명의 한국인들이 다낭에 들어온다고 했다. 정신없는 분위기에서 나는 생애 첫 패키지여행의 기억을 떠올렸다.

당시 나는 첫 패키지여행으로 캄보디아를 선택했다. 공항에

CÔNG
10000

도착해 사람들이 모였고, 가이드는 사람들이 가지고 있는 일정표를 모두 걷었다. 그러더니 각기 다른 5개의 일정을 믹스했다. 알고 보니 패키지여행은 상품을 예약하기에 앞서 단독 여행사가 운영하는 것인지, 여러 여행사가 연합해 만든 상품인지 확인해 보는 게 중요하다고 한다. 후자의 경우, 여행사마다 상품을 홍보하면서 보여 주었던 일정과 프로그램이 다를 수 있기 때문이다.

두 번째 패키지여행이기에 나는 같은 실수를 반복하진 않았다. 하지만 다낭을 여행하는 내내 예상치 못한 또 다른 상황이 펼쳐졌다. 일정표에 '템플 다낭'이라고 적혀 있어서 절에 가는 줄 알았는데 수영장 이름이 '템플 다낭'이었다. '다낭 바나산 국립공원'이라고 해서 자연 휴양림에 가는 줄 알았는데, 아뿔싸. 고산지대에 조성한 테마파크 이름이었다.

강압은 아니었지만 선택(옵션) 관광을 해야만 하는 분위기가 만들어지기도 했다. 30달러짜리 '야경 투어'는 함께 걸으며 설명을 듣는 프로그램인 줄 알았더니, 해당 장소에 내려다만 주고 1시간가량을 혼자 둘러보게 했다. 자전거 투어에서는 혼자 타는 것보다 두 배나 비싼 20달러를 내야 했는데, 누군가 페달을 굴려 줘 몸은 편했지만 마음은 불편했다. 시간이 지날수록 나는 호구가 되고 있다는 느낌을 받았고, 챙겨 간 달러는 사라져 갔다.

이후 한국에 돌아와 지출 내역을 계산해 보았다. 가이드비와 선택 관광지 비용으로 지출한 비용이면 자유 여행이 더 괜찮았을 것이라는 사실을 깨달았다. 두 번의 패키지여행 경험을 통해 나는 나의 여행 스타일에 대해 곰곰이 생각해 볼 기회를 얻었다. 그리곤 다짐했다. 아무리 삶이 팍팍해도 내 인생에 세 번째 패키지여행은 없을 것이라고.

PEPSI

스스로를 위로하고 싶을 때

대학생 때 정말 하고 싶던 일을 포기해야 하는 순간이 있었다. 오랜 꿈을 접는 슬픔보다 주변 사람들에게 늘 말하고 다녔는데 그걸 지키지 못하게 됐다는 두려움이 컸다. '포기하는 것도 용기가 필요해'라는 친구의 위로 문자도 눈에 들어오지 않았다. 부끄러워서 도망치고 싶고, 그 누구도 만나고 싶지 않았다. 비행기를 타고 어디론가 떠나고 싶지만 너무 멀리 갈 엄두는 안 나서 제주도를 떠올렸다. 여행이라기 보단 일종의 도피였다.

아침 게스트 하우스에서 나와 위미포구에 앉아 해녀 할머니들의 하루를 멍하니 바라보고, 대정 5일장에서 출출한 배를 채우기 위해 호떡을 사 먹고, 하도리에서 오조리까지 골목길을 따라 걸었다. 그 이후, 제주도만큼은 힘들거나 혼자 떠나고 싶을 때 찾아 올 수 있는 곳으로 남겨 두기로 했다.

시간이 흘러 비록 꿈은 아니었지만, 나는 직장인이 되었다. 내 나이 스물아홉을 앞둔 어느 해, 회사 안팎에서 칼바람이 불었다. 평생 회사에 있을 것 같았던 팀장님과 부장님들의 자리는 빈자리가 됐다. 아무리 열심히 일해도 사람은 그저 회사의 부속품에 지나지 않는 것인가 하는 생각이 드는 나날이었다.

"성과급 얼마 받았어?"
"너 많이 받았겠다. 열심히 했잖아."
"……없어."

열심히 한다는 것에 대해 회사는 분명한 기준을 가지고 있다. 회사에 더 많은 이익을 낸 팀에게 더 많이 돌아가는 성과급. 그해 우리 팀의 성과급은 없었다. 성과급을 못 받았다고 해서 한 해 동안 우리 팀이 태만했다는 것은 아니지만, 나는 동기들 틈에서 또 다시 작아졌다. 스물아홉을 앞두고, 다시 제주도 비행기 표를 끊었다.

공항에 내려 익숙한 2번 게이트로 나가 버스를 탄다. 렌터카를 빌리면 제주도 구석구석을 다닐 수 있지만 이런 기분으로는 운전마저 귀찮다. 그렇다고 버스 여행이 여유로운 것만도 아니다. 버스 배차 간격이 길어 확인 또 확인을 해야 한다. 버스에 타도 내리는 곳을 확인하느라 손에서 휴대폰 지도를 내려놓을 수도 없다. 브런치에 '여유 있는 제주도 버스 여행'이라는 제목으로 글을 남긴다. 나만 당할 순 없지.

열심히 해도 꿈을 이루지 못하고, 열심히 해도 인정받지 못할 수도 있는 게 인생이니까. 그럴 수도 있는 거니까.

#29

지나간 봄도 아쉽지만,
지나간 봄에 우리가 나누지 못한
일상도 아쉬워.

나만의
오프

<온앤오프> 프로그램을 즐겨 본다. 다양한 삶을 사는 멀티 페르소나, 바쁜 일상 속의 내 모습은 'on', '사회적인 나'와 거리 둔 내 모습은 'off'. 연예인들의 있는 그대로의 모습을 모두 보여 주겠다는 신개념 사적 예능이다.

누구나 자신만의 오프 시간이 필요하다. 예전에는 집에서 쉬면 하루가 허무하게 흘러가는 듯해 무엇이라도 해야 한다는 조바심이 들었다. 지금은 아무것도 하기 싫을 때면 아무것도 하지 않아야 한다는 걸 안다.

나는 여행지의 낯선 공간에 떨어졌을 때 내 자신이 오프 상태가 되었다는 걸 느낀다. 하지만 여행이 힘들어진 요즘은 혼자 드라이브를 한다. 선글라스를 끼고 외제차를 끌고 다니는 그런 모습은 아니다. 공유 차량을 빌려 혼자 가까운 곳에라도 다녀온다. 차 안에서의 내 모습은 그야말로 오프 그 자체이다. 클릭비와 핑클 노래를 들으며 차량 바퀴가 터질 듯 들썩거리며 춤을 춘다. 주변 차량이 혼자 뭐 저렇게 신났는지 쳐다보고 갈만큼. 그 순간만큼은 가장 나다울 수 있다.

#30

필름 한 롤을 채우고, 현상 스캔하는 데
걸리는 시간은 한두 달 남짓. 그러다 보면 그 안에
어떤 순간이 담겨 있는지 모를 때가 많다.
아직 현상을 못한 필름이 있다.
묵혀 둔 사진 속에 네가 웃고 있을까 봐,
우리가 웃고 있을까 봐 그게 겁이 나.

선배와
후배 사이

"이번 연휴에도 어디 가겠네?"
"저 어디 가나 봐요?"

연휴가 다가오면 어김없이 내게 여행지를 물어오는 직장 동료들. 그만큼 내가 여행을 좋아한다는 사실이 많이 알려졌다는 거겠지. 옆 팀 선배와 3박 5일 짧은 기간 라오스를 다녀오기로 했다. 목요일 퇴근 후 바로 공항으로 떠나 월요일 오전에 곧장 회사로 출근하는 일정이다. 칼퇴를 하고 부랴부랴 공항 철도를 타러 간다. 퇴근 후 탑승하는 저녁 비행기는 늘 짜릿하다.

10월의 추운 서울을 떠나 라오스 비엔티안 공항에 내렸다. 더운 공기와 함께 꿉꿉함이 밀려온다. 누구 하나 납치돼도 이상할 것 같지 않은 어둑함을 지나 예약한 호텔을 어렵게 찾았다.

루앙프라방의 가장 아름다운 모습은 새벽에 있다. 수많은 사원에서 나온 수백 명의 승려들이 아침 공양 의식으로 탁발을 다닌다. 주홍색 장삼을 걸친 수십 명의 승려들이 침묵 속에서 골목 안으로 사라졌다 나타나기를 반복한다. 루앙프라방은 느림의 미학을 품은 도시로 잘 알려져 있지만, 이 광경을 보려면 새벽부터 일어나 부지런을 떨어야 한다. 성스러운 종교 의식을 지켜보며 경건함을 느끼고 있는데, 한편에선 패키지 관광객들이 자리를 맡는 움직임으로 부산스럽다. 연출되지 않은 자연스러운 모습마저 패키지 관광의 한 코스가 되는 것 같아 아쉽다.

그날 저녁, 우리는 야시장으로 향했다. 온갖 애교와 흥정을 해서 물건값을 깎고는 기분 좋게 돌아섰는데 뭔가 이상하다. 곰곰이 생각하다가 그 이유를 깨달았다. "우리 500원 아낀 거야." 하루를 버티기 위해 사 먹는 커피 값보다 적은 금액이다. 알 수 없는 헛헛함을 느끼다가 화제는 회사 이야기로 넘어간다. 여행 와서 일 이야기는 하지 말자고 했지만, 회사 동료와 떠난 여행에서 가장 맛있는 안주는 단연 회사 이야기다. 나는 내 고민을 선배에게 털어놓았다.

회사에서 나는 5년 차 막내 대리로, 슬슬 성과를 내야 하는 시기였다. 그러다 내 아래로 6개월 인턴이 들어왔다. 처음에는 후배가 들어오면 잘해 주려고 마음을 먹었지만 일을 하다 보니 미스커뮤니케이션의 연속이다. '요즘 애들'이라는 말을 싫어했지만, 이제는 내가 그 말을 쓰고 있다. 뭔가를 지적하자니 꼰대 같고, 말을 안 하자니 내가 답답하다. 나는 점점 인턴에게 일을 시키지도, 기대하지도 않는다. 내 이야기를 들은 선배는 나와 맞지 않는 후배가 오더라도 6개월만큼은 잘 버텨 보라고 조언했다. 후배에게 하는 행동에서 선배의 인품이 나온다고.

고개를 끄덕였지만 그럼에도 내 마음은 여전히 무거웠다. 같은 문제를 여러 번 실수해서 실수를 줄이자고 얘기하면 후배는 그에 대한 피드백 없이 꼭 그렇게 다그치면서 말해야 하냐고 물어 온다. 화가 치밀어 오른다. 아는 동생이라면 욕을 해서라도 정신을 차리게 해 주고 싶지만, 일단 사과한다. “그렇게 느꼈다면 미안해요.”

결국 우리는 가식적인 사이가 된다. 회사니까, 일을 해야 하니까. 선배에게 받는 스트레스는 당연하지만, 후배에게 받는 스트레스가 있다니. 내가 회사 생활을 못하는 걸까? 내가 상대방을 싫어하면 그도 나를 싫어한다. 유치원생도 느끼는 감정이다.

두서없이 늘어놓고 나니 시원하면서도 더 답답해졌다. 혹시 어쩌면 내가 지난 회사에서 말 안 듣던 후배라 벌을 받는 게 아닐까? 평소 주변에 좋은 선배들이 많아서 깨닫지 못하고 있었나 보다. 좋은 선배가 된다는 건 어려운 일이라는걸. 문득 선배들에게 나는 어떤 후배였는지 묻고 싶어졌다.

“그래도 래시 가드도 샀는데, 물에는 들어가 봐야지?”
“그냥 옷 입고 물 밖에 있는 사진 찍어 줘요. 인증 샷으로요.”

방비엥은 물과 관련된 액티비티가 많았다. 어릴 때 물에 빠진 경험이 있는 나는 물 공포증이 있다. "못 해, 못 할 것 같아." 다른 여행자들은 흥겨운 노래에 춤추며 즐기는 데 나는 계곡 앞에서 부정적인 말들만 늘어놓았다. "우선 무릎까지만 들어가 보자." 선배의 말에 결국 튜브를 빌렸다.

나는 잔뜩 긴장한 채로 흐르는 물 위의 튜브에 내 몸뚱어리를 맡긴다. "백조도 물에 둥둥 떠 있는 것처럼 보이지만 사실 발을 계속 움직이고 있어." 선배가 말했다. 나도 다리를 계속 움직였다. 혹시 그동안의 나는 수영하는 데 필요한 몸 사용법을 몰라서, 막막해서, 할 수 없을 것 같아 주저했던 건 아니었을까. 더 늦기 전에 그동안 쓰지 않았던 새로운 근육을 사용해 봐야겠다고 생각했다. 안 되면 튜브라도 끼지 뭐. 좋은 선배가 되기 위해서. 좋은 사수가 되기 위해서.

STOP

막내의 시간

미국 샌프란시스코로 출장을 떠나게 됐다. 입국 심사가 강화됐다는 말은 익히 들었다. 도착해서 보니 아니나 다를까 평소보다 심사를 기다리는 시간이 훨씬 길었다. 내 뒤에 있는 사람들은 라스베이거스행 비행기로 갈아타야 하는데 환승 시간이 길어져 발만 동동 구르다 다음 비행기를 예매했다. 드디어 내 차례가 왔다.

타고 온 비행기 편명을 묻는 질문에 'name'이라는 단어만 듣고, "지 엄"이라고 외쳤다. 지금도 잊을 수 없는 출입국심사 직원의 황당한 표징. 이미 돌이킬 수 없다는 사실에 나는 그냥 방긋 웃었다.

무사히 입국 심사를 마친 우리 모두는 샌프란시스코에 도착했다. 시차 적응은 사치, 블루보틀에 가기 위해 호텔 로비로 내려갔다. 로비에는 함께 출장을 온 타 회사 후배가 있다. "회사에서 메일이 왔는지 확인해 보려고요. 스케줄도 체크하고요."

신입 사원인 후배는 여기가 샌프란시스코든 서울이든 별반 다를 것이 없어 보였다. 비행기에서도 쉴 틈 없이 업무를 확인하고 있던데……. 지금보다 몇 배는 더 일에 쫓기던 과거의 내 모습이 겹쳐 보였다.

나는 출장을 오면 꼭 필요한 업무 이야기를 제외하고 다른 사람들과 말을 잘 섞지 않는다. 업무 얘기를 하지 않아도 된다는 건 그나마 숨을 돌릴 수 있는 시간이라는 뜻이고, 그 시간은 내가 방해받고 싶지 않은 만큼 남도 방해하고 싶지 않기 때문이다. 혼자 시간을 보낼 수 있는 유일한 아침이었지만 후배가 눈에 밟혀 같이 커피를 마시러 가자고 했다.

나는 후배의 회사 생활 이야기를 들으면서 공감하다가도, 지금은 신입 때와 다르게 생각하는 내 모습에 놀라기도 했다.

KAISER PERMANENTE
39350 38'x22'
SAN FRANCISCO
BUS
citrix

신입 시절, 나 역시도 그랬다. 자리에서 전화벨이 울릴까 조마조마했고, 종이 몇 장 복사하는데도 안절부절, 첨부파일을 빼고 보낸 아웃룩 메일을 확인하고 넋이 나가기 일쑤였다.

지금은 5년차, 어떤 일에도 그러려니 한다. '저 사람은 왜 저렇지?' '왜 상황이 이렇게 흘러가지?'라는 답답함과 궁금증은 '무슨 이유가 있겠지'라는 생각으로 귀결된다. 이제는 어떤 모임에 나가도 "엄지입니다"라는 소개보다 "OO회사 대리 엄지입니다"라고 소개하는 게 자연스러워졌다.

"조이~ 조이!"

아, 내 영어 이름이 조이였지. 감상에 잠길 틈 없이 날 부르는 소리에 일어나 커피를 받았다. 날씨가 좋아서 그런지, 비록 출장이지만 여행을 와서 그렇게 보이는 건진 모르겠지만, 카페에 앉아 바라본 사람들은 모두 웃고 있다.

짧은 일정 안에 괜찮은 콘텐츠를 만들어 내야 하는 빡빡한 출장, 그리고 그 속에서도 여유를 찾고 쉬는 시간을 즐기는 나.

회사 생활을 한 만큼이나 나도 모르게 일 근육이 단단해져 있었구나 하는 생각에 스스로가 대견한 날이었다.

#31

우리 사이가
좀 더 담백해지기까지
얼마만큼의 시간이 필요할까.

누군가의
반짝이던 시절

"엄마의 어릴 적 꿈은 뭐였어? '엄마' 말고."

드라마를 보다 보면 가끔 나오는 대사다. 나도 꿈이 있었다. 직장인 말고. 초등학교 시절 장래희망에 직장인이라고 썼던 친구들은 없었던 것 같다. 대부분 과학자, 선생님, 대통령, 의사 등 구체적이고 다양했다. 별처럼 반짝거리고 뾰족했던 부분들은 이제는 부딪히고 마모돼 무뎌졌다.

어린 시절, 캐나다 밴쿠버에서 지냈던 적이 있다. 20년 넘게 고이 묵혀 둔 그때 찍은 필름을 현상했다. 그리고 그 사진을 챙겨 밴쿠버로 향했다. 꿈 많던 어린 시절로 다시 되돌아가는 기분이었다.

STEAM CLO
$29.99
ROCKS & GEMS
CANADA

호텔에 도착해 밴쿠버 여행 코스를 추천 받았다. 우리는 개스타운에서 가까운 하버센터 타워 전망대를 골랐다. 밴쿠버에서 가장 높은 전망대에 올라 "내가 다시 왔다"고 소리를 지르고 싶었지만, 막상 올라가니 날씨가 흐려 감흥이 덜했다. 이어 밴쿠버 엽서에도 많이 등장하는 개스타운의 명물, 증기 시계로 이동했다. 시계는 15분에 한 번식 증기를 내뿜었고 관광객들은 환호성을 질렀다.

나는 한국에서 인화해 온 오래된 사진을 꺼내 보면서 지금의 모습과 구석구석 비교했다. 내 몸이 옆으로 커졌다는 것 외에 모두 그대로인 것 같아 보였다.

하루 정도 밴쿠버를 더 느끼고 싶었지만, 캐나다 앨버타주 남부에 위치한 캘거리로 이주한 옛 동료를 보러 가기로 되어 있었다. 당일 왕복 비행기 표를 할부로 끊었다. 부담스러운 지출이었지만 이 기회가 아니면 동료를 영영 못 볼 것 같았고, 무엇보다 캐나다까지 이민을 와서 어떤 일을 하고 있는지 직접 보고 싶었다.

"너 그렇게 다니면 얼어 죽어." 캘거리 공항 직원의 첫마디였다. 밖은 영하 16도. 생전 느껴 보지 못한 영하의 날씨였다. 무시무시한 한기에 필름 카메라도 놀랐는지 고장이 났다.

퇴사 후 처음 만난 동료는 마치 어제 헤어지고 오늘 또 만난 사람처럼 내게 인사를 건넸다. 목수가 되겠다며 한국을 떠난 그는 이전보다 더욱 밝아 보였다.

"이것도 내가 만들었고, 저것도 내가 만들었어. 지금은 이런 걸 준비 중이야."
"원래 이렇게 말이 많았어?"

그의 눈빛은 마치 <뽀로로>를 보는 조카들의 눈처럼 반짝반짝 빛났다. 그는 즐거워하고 있었다. 꿈 많던 어린 시절을 떠올리며 떠난 밴쿠버 여행이었지만 나는 뜻밖에도 먼 곳에서 재회한 옛 동료의 얼굴에서 유년의 흔적을 발견할 수 있었다.

그로부터 2년 뒤, 두 번째 퇴사를 하며 문득 나를 아는 사람들의 눈에 비친 내 모습이 어떨지 궁금했다. 대통령이 되겠다던 초등학생만큼은 아니더라도 내 눈도 반짝이고 있었을까?

MYSTERY
Sue Grafton
ruth rendell
KARIN FOSSUM
genesis
ROBERT GODDARD
EENY MEENY
PETER JAMES
ADRENALINE

BEST SELLERS
TERMINAL
DAVID BALDACCI
CLIVE CUSSLER
ORDEAL
PAPILLON
BANCO
HARLAN COBEN
CAUGHT
LIVE WIRE
BLOOD OATH
CHRISTOPHER FARNSWORTH
NEW YORK TIMES BESTSELLER
J.A. JANCE
SECOND WATCH
KATHY REICHS
EVIL EYE
RIPPER
DEAD TIDE
LINE OF VISION
PATRICK ROBINSON
SEAWOLF

#32

어느 계절의 한 페이지에
너와 함께 한 이야기를 적을 수 있다면,
그건 늦여름이면 좋겠어.

#33

어쩌면 나의 비밀을 가장 많이
알고 있는 곳은 현상소가 아닐까.
못다한 마음이 담긴 필름 한 롤을 나보다
먼저 볼 수 있으니 말이다.

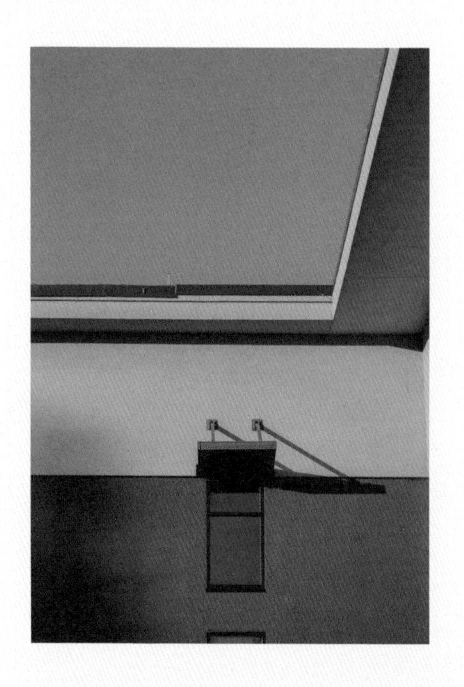

자유 여행

두 번째 직장을 퇴사하기 전에 엄마를 모시고 환갑 여행을 가기로 했다. 어쩌다보니 엄마와 고모 두 분, 그리고 작은 어머니까지 모시고 이탈리아로 떠나게 됐다.

"엄마, 그거 절대 다 못 실어요."
수화물이 초과됐다. 여행 내내 밥을 해 먹을 요량으로 웬만한 식재료를 다 챙긴 것이 화근이었다. 체크인을 하며 직원에게 "엄마랑 여행을 가는 거라서……" 하고 괜히 변명을 하자니 "그래도 추억에 남으실 겁니다"라는 말이 돌아왔다. 그 한 마디가 너무 고마웠다.

감동도 잠시, 기상 악화로 비행기가 6시간 지연되었고, 전날 화산이 터지는 바람에 이탈리아 남부 여행이 취소됐다. 어쩌

면 로마로 가는 비행기 안에서 기내식을 먹는 지금 이 순간이 이 여행에서 가장 평온한 순간일지도 모르겠다는 생각이 들었다.

겨우 도착한 호텔에서 주인이자 유일한 직원으로 보이는 호빵맨을 닮은 아저씨가 우리를 맞아 주었다. 분명 1인 1실에서로 다른 방에 있는데 대화가 가능했다.

"엄지야, 이거 가지고 와."
"네."

베네치아로 가는 기차 안, 3시간을 달려 도착했는데 날씨가 점점 이상해지더니 태풍이 불었다. 앞이 보이지 않을 정도의 비였다. 어른들은 추워서 덜덜 떨고 있었고, 근처 호텔은 예약이 안 됐다. 우리는 비바람을 뚫고 그나마 가까운 에어비앤비를 찾았다. 분명 10분 거리라고 했는데 10분이 100분처럼 느껴졌다. 어렵게 집을 찾아 들어갔는데 3층이었다. 초인적인 힘으로 23kg 캐리어 4개를 다 들고 올라갔다. 샤워를 하고 나오니 엄마가 만든 김치찌개 냄새가 방에 가득했다. 막 지은

쌀밥에 김치찌개라니. 언제 폭풍을 만났는지 까먹을 정도였고, 그제야 엄마 역시 이것도 다 추억이라며 웃었다.

이탈리아에서 지내는 매일매일 새로운 에피소드가 생겼다. 오늘은 부디 지루하기 짝이 없기를 바라며 마지막 도시인 피렌체로 향했다. 그런데 예약한 에어비앤비 호스트가 연락이 안 됐다. 심지어는 호스트 번호, 호스트 주소, 체크인을 도와주는 호스트의 정보가 다 달랐다. 허기로 예민해진 어른들과 골목길에 서서 샌드위치를 먹었다. 패키지여행이었으면 이런 고생은 하지 않았을 텐데……. 혼자 하는 여행이었다면 이런 일들이 일어나도 덜 당황했을 텐데…….

우여곡절 끝에 에어비앤비를 새로 구하고, 우리는 숙소 근처의 명품 거리로 향했다. 별로 관심도 없을 것 같던 엄마도 막상 이탈리아에 오니 이것저것 구경하고 싶으셨나 보다. "너 퇴직금이 일마지?" 그래, 환갑 여행이니 스카프 하나라도 사 드리자.

오후에는 시티 투어 시간을 가졌다. 메디치 가문과 단테 등

에 관련된 이야기를 들으며 다양한 이야기를 담고 있는 피렌체에 매력을 느꼈다. 그런데 어느 순간부터 막내 고모 표정이 썩 좋지 않다.

"피곤하세요?"
"지식이 들어가니 피곤하다."

일도 탈도 많았던 이탈리아 여행의 마지막 날이 되었다. 어른들은 패키지여행이 아닌 자유 여행이어서 힘들었지만 더 즐거웠다고 하셨다. 난 그 말에 멋쩍게 웃으며 어른들을 모시고 한시도 안절부절 못하며 발을 구른 지난 시간을 돌이켜보았다. 회사에서 일을 하는 내 모습과 놀랍도록 닮아 있었다. 나는 이 여행에 안녕을 고함과 동시에 진정으로 두 번째 회사 생활을 마무리하는 기분이 들었다. 모두들 즐거우셨길. 이 모든 가이드는 제 회사원력이 모두 총동원된 마지막 작품입니다.

어쩌다 제주도에 살고 있습니다

누구나 한 번쯤은 살아 보고 싶은 로망의 장소가 있다. 내게는 제주도라는 곳이 그렇다. 하지만 제주도에서 막상 살게 되자, 좋아하는 여행지에 살게 됐다는 기쁨보단, 낯섦에 적응하는데 시간이 걸렸다. 그해 겨울, 제주도에서 부는 겨울바람은 서울의 바람보다 매서운 칼바람이었다.

제주도에 살면서 매일 새로운 사실을 알아 가고 있다. 제주도의 여름은 습해서 빨래가 잘 마르지 않는다. 습기로 인해 벽지에 곰팡이가 생기는 터라 제습기는 없어선 안 될 존재가 됐다. 곤충 도감에도 나오지 않을 곤충, 벌레들이 산다. '이렇게 생긴 벌레가 있었나?' 할 정도로 매일 새로운 아이들과 인사를 한다.

제주도 거리에는 쓰레기통이 없다. 분리수거를 철저히 해서 재활용 센터까지 들고 가야 한다. 읽고 싶은 책을 인터넷에서 주문하면 평균 5일을 기다리는데, 도착한 책이 파본이면 너무 슬프다. 서울에서 흔하게 볼 수 있는 파리바게트, 올리브영, 스타벅스 등의 간판이 반갑다. 생일 선물을 모바일 기프티콘으로 받기라도 하면 도선료가 붙는다. 내 생일 선물의 택배비는 내가 부담해야 한다.

수많은 불편함에도 불구하고, 제주도에서는 곳곳에서 멍 때리는 시간을 누릴 수 있어서 좋다. 제주도민이 되자마자 신상 카페들을 찾아다니며 핫한 플레이스를 방문해야 할 것 같은 압박이 있었다. 하지만 요새는 조깅을 하며 공항의 비행기를 구경하고, 집에서 조금만 걸으면 볼 수 있는 바다를 만나며, 한라산이 아닌 자그마한 오름을 오르고 있다.

언젠간 제주도에 살던 지인에게 "한번 갈게" 혹은 "꼭 다시 올게"라고 말하던 때가 생각났다. "그러세요"라고 돌아오는 무심한 대답에 서운했는데, 이제는 왜 그렇게 답했는지 알 것만 같다. 이 중 진짜로 찾아오는 사람은 별로 없기 때문이다.

내 얼굴을 보러 굳이 나에게 들러 인사하는 이들을 만나면 반갑기 그지없다. 여행이면 하고 싶은 게 많을 텐데 나에게 시간을 내주는 게 고맙기만 하다. 내가 제주도에 살아서 좋은 게 아니라, 누군가가 "제주도에 엄지가 있어서 좋아"라고 말할 수 있도록 여기서 잘 살아 보아야겠다고 다짐하는 요즘이다.

#34

나를 버티게 하는 건
어쩌면 그 무엇도 아닌
결국 사랑일지도.

좋은 건 같이 봐요

초판 1쇄 발행 2021년 1월 27일
초판 2쇄 발행 2021년 2월 27일

지은이 엄지사진관
편집 김희라 이윤주 @스튜디오봄봄
디자인 이민영

펴낸이 김자영
펴낸곳 북로망스
신고번호 제2019-00045호
이메일 book_romance@naver.com

ISBN 979-11-970371-4-6 03810

* 북로망스는 '책 읽어주는 남자'의 출판 브랜드입니다.

* 책값은 뒤표지에 있습니다.